群 ようこ

ハルキ文庫

角川春樹事務所

おネコさま御一行

れんげ荘物語

1

親愛なるぶっちゃんと再会でき、また住んでいる家までわかってしまって、キョウコはしばらくの間、有頂天になっていた。しかしもう一人のキョウコが、

「ぼろアパートに住んでいる、還暦も近い独居の女が、他人様《ひとさま》の飼いネコに会ったくらいで、そんなに浮かれてどうするんだ」

と文句をいってきた。家がわかったといっても、ぶっちゃん会いたさに、付近をうろうろしたら、ストーカーだ。大人として飼い主さんに迷惑をかける行為をするつもりはないが、さりげなーく周囲を歩いていて、家の中から出てきた飼い主さんにばったり出会うのは、ちょっといいなと想像している。すると再び、もう一人のキョウコに、

「いい加減にしなさい。お兄さん一家はみんなであなたのこれからを心配してくれているのに。ネコに会ったくらいで、そんなにはしゃいでどうするの」

と、叱《しか》られた。

「ごめんなさい」

キョウコは小さな声で、もう一人の自分に謝った。

ぶっちゃんと会った後は、いつもこんな感じだなあと、キョウコは苦笑した。正直、無職で家事をし終わったら他に何もすることがないので、他人様のお宅のイヌさん、ネコさんや、周囲の木々にやってくる鳥さんたちを見るのが楽しみなのだ。バードウォッチングという、確立された趣味もあるけれど、双眼鏡も持っていないので、裸眼で木に留まっている鳥さんたちを眺めるだけだ。近くは見えづらくなったけど、遠くは見えるので助かっている。

図書館で鳥の図鑑を借りてきて、木に留まっていた鳥の名前を確認したりするのも楽しい。イヌやネコの図鑑を借りてきて、晩ご飯を食べた後にページをめくるのも至福のときだ。文字ばかりを追っていると目が疲れるので、たまに図や絵が多いものを見ると、気持ちが休まる。動物は好きなので、結構、イヌやネコの種類に関して知っていたつもりでも、知らない種類もたくさんいてびっくりした。

会社に勤めているとき、毛が生えていないネコの種類があるという噂《うわさ》は聞いていたが、その姿を写真で見たときにはびっくりした。本当に毛が生えていなかった。しかし顔を見るとやっぱりかわいらしい。その後、そのスフィンクスばかりを何匹も飼っている外国の女性の記事を読んだ。毛がなくて寒がりなので、みんな、彼女のお手製のかわいいセーターを着ていた。毛のあるネコしか知らなかったキョウコは、毛のないけものを想像してみた。飼い主さんにとっては、どんな種類の子でも、かわいい子には違いない。自分ももしスフィンクスが捨てられていたら、保護しちゃうなとキョウコは思った。そんなありえないことをつらつら考えていると、また、

「そんなつまらないことばかり考えて」

と別の自分が怒る。生産性とは無関係の生活なのだから仕方がない。人間について考えると、頭がだんだん痛くなってくるが、動物の姿を想像して、あれこれ考えているととても楽しい。今はテレビがないので、映像は観《み》られないけれど、記憶のなかに残っている野山を楽しそうに走りまわっている小熊《こぐま》や、イヌやネコやその他の動物たちの姿を思い出すと、自然と口元が緩んでくる。目の前に何もいないのに、にたーっと笑っている中年女がそばにいたら、誰《だれ》だって薄気味悪く思うだろう。でも部屋のなかは自分一人なので、何をやっても問題はない。

子どもの頃《ころ》に観た、ディズニー映画のお姫様たちは、森の動物たちと楽しそうに触れ合っていた。ああいうのがいいなあと思って、近所で飼っていた大きなイヌに触ろ

うとしたら、一緒にいた母が大声で、

「汚い、やめなさい」

と怒鳴ったので、あわてて手を引っ込めた。キョウコの子どもの勘では、絶対にこの子は自分を嚙《か》まないとわかっていたのだが、それを説明できる言葉がみつからず、いわれるがまま、手を引っ込めたのだった。イヌはきょとんとした表情で、尻尾《しっぽ》を振り続けていた。そして母の大声が飼い主に聞こえてしまい、

「うちの子は汚くなんかないですけど」

と家から出てきた女性にいわれ、子どもながらとっても気まずい思いをした記憶があった。家までの帰り道、母は、

「イヌは狂犬病の注射を打たなくちゃいけない。そういう生き物は軽々しく触っちゃいけないのだ」

とぶつぶつ文句をいっていた。プライドが高く、動物が嫌いな母は、飼い主にそういわれてその場で反論できず、そのかわりにくどくどとキョウコに話し続けた。それでもキョウコは動物が好きなので、母のぶつくさを聞き流していたのだった。

動物好きだった父は早くに亡くなってしまったので、動物を飼う機会には恵まれなかった。あのような問題の多い性格の母でも、動物が好きだったら、もうちょっと

母娘《おやこ》関係がうまくいっていたかもしれなかったが、今更、そんなことを考えても、どうしようもない。母はあのような性格の人としての一生を終えたのだから。

　ベッドに寄りかかり、寒そうな窓の外の薄曇りの空を眺めていたら、だんだん眠くなってきた。

（寝てばかりでどうするんだ、いったい）

　我ながら情けなくなってきた。無理な労働もせず、睡眠時間はたっぷりなので、れんげ荘に来てからは風邪《かぜ》で寝込んだ経験がない。会社に勤めていたときは、整体、岩盤浴、クライアントのおつきあいで、ヨガもちょっとだけやったが、体調のいい日なんてほとんどなかった。しかし現在は、更年期まっただなかでありながら、体調だけは万全だ。自炊の粗食だが、御飯もおいしくて、太るのがいちばん恐ろしいので、散歩と運動がわりのアパート周辺の掃除が欠かせなくなってきた。

「行くか」

　朝ご飯を済ませ、部屋を掃除し終わったキョウコは、自分自身にそう声をかけて腰を上げた。駅の向こう側にある公園に小さな梅林があり、そろそろ花をつける頃だった。母は桜が咲いているとテンションが上がっていたが、キョウコは梅のほうが好きだった。小学生の頃、木に咲く花の絵を描《か》く課題が出て、キョウコは迷わず好きな梅

の絵を描いた。その絵を見た父は、

「おお、よく描けているな」

と褒《ほ》めてくれたが、母は、

「どうして桜じゃないの？」

と聞いた。梅のほうが好きだからというと、

「地味ねえ。桜のほうがぱあーっとして、きれいなのに」

と不満そうだった。それをカバーするように、父は、

「キョウコが好きなものを描くのがいちばんいいんだよ。これはよく描けている」

と頭を撫《な》でてくれた。父がいるときは、母の子どもに対する思いやりのない言葉をカバーしてくれていたが、亡くなった後では、それを自分で全部受け止めるしかなかった。兄は性格が優しいので、妹を気遣ってはくれていたが、同じように母に対しても優しいので、白黒をつけるような態度は取らなかった。母と娘で揉《も》めると、いつも困った顔をして立ち尽くしていたのを思い出す。

昔から着ている紺色のコートの下に、肘《ひじ》に穴が空いたのを繕った、いやダーニングしたセーターを着て出かけた。ポケットの中には小さな財布を入れた。長い間、気に入って使っていた財布がとうとう壊れてしまったのである。お金を遣う回数は少ない

のに、やはり物には寿命があるらしい。直してもらうにしても、それなりにお金がかかりそうなので、前から持っていた布製の小さな平たいポーチを財布用にした。十センチ角で上にジッパーがついている。そこの持ち手についていた紐《ひも》がとれてしまったので、刺繍《ししゅう》をしたときの残り布を細い紐状にカットして、本体に合う色の残り糸で簡単な花の刺繍をして、そこに結びつけた。前よりもずっと使いやすくなったのがうれしい。

何を買うわけでもないのに、その元ポーチの財布をポケットに入れていると、なぜかうれしかった。歩きながらビスケットの歌を思い出した。ポケットを叩《たた》くとビスケットが増えるという童謡で、最初はそんなふうにビスケットが増えるポケットがあるといいなあと思っていたのだが、数が増えるのは、叩いたせいでポケットの中でビスケットが次々に割れているだけなのではと思うようになった。それをこっそり兄に話したら、彼は噴き出して、

「よくそんなことを考えるなあ。魔法のポケットの歌なんだよ」

といってまた笑った。

「ふーん、そうなんだ」

兄妹《きょうだい》のなかだけで会話は終わった。ふつうはそういわれた兄が、

「お母さん、キョウコがこんなことをいうんだよ」

とお知らせに走るのだろうが、兄も母の性格がわかっていたので、妹の間抜けな部分を自分の胸のなかに納めておいてくれたのだろう。もし母に話したとしても、冷たい目をして、

「まったくキョウコは、いつもくだらないことばかりいって。しょうがないわね」

というに決まっていると、兄もキョウコもわかっていた。子どもの間抜けた話を面白がるのではなく、軽蔑《けいべつ》するような人だったので、兄は余計なトラブルを生まないように、気を遣ったのだと思う。

このところ思い出すのは、子どもの頃のことばかりだけど、いったいどうしてかしらと、キョウコは歩きながら考えた。物質的には恵まれていたが、ずっと母とはうまくいっていなかった。楽しい思い出などほとんどなく、自分にとってはいやな事柄ばかりなのに。しかしその相手である母が、もうこの世にはいないのを考えると、それもすべて含めて、母の思い出という意味なのかもしれない。どうして頭の引き出しの奥深くにしまいこんであった出来事が、次から次へと出てくるのだろうかと不思議でならない。

「あの世からのいやがらせ？」

あまりにキョウコが自分に対して冷たいので、あちらの世界から母は念を送っているのか。事実、部屋のなかには母のための供養の場所なども設けていないし、ぶっちゃんと会ったことで、テンションが爆上がりしている。

「私が亡くなったというのに、何ということっ？」

それを教えたくて、キョウコの脳内を操作して、少しでも自分を思い出させようとしているのか。

「迷惑だわー」

キョウコはつぶやいた。楽しい事柄ならともかく、ほとんどがそうではないのだから、忘れていたのに当時に引き戻され、テンションが下がり気味になる。

「だいたい、あなたはあちらの世界で、自分の居場所を決めてもらう審査をされるときに、判決を受けなくちゃならない人なんですよ。娘に不愉快な思いばかりをさせて。生きているときには気がつかなかったかもしれないけど、あの世で気づいて欲しかったんですよね。それともあなたの人生の欠点を教えてくれる人はいないんですか」

歩きながら目の前に母がいるようなつもりでつぶやき続けた。不愉快な事柄ばかりを思い出したので、自分もいやな精神状態になってしまったと、キョウコはひとつ深呼吸をして、公園に歩いていった。陽《ひ》の当たる町内の空き地で、ネコが体中に陽を浴びて、瞑想《めいそう》をしているみたいに目をつぶっているのを見て、心が洗われるようだった。

公園の入口には石段があるため、そこには自転車がたくさん駐《と》めてあった。ちょっと遠方の人もやってくる公園なのだ。石段を上っていると、以前に比べて息がきれるようになったのに驚きながら、梅の木がある方向に歩いていった。ジョギングをしている人、イヌと散歩をしている人、のんびり散歩をしている老夫婦、赤ちゃん連れの母親、野球場で草野球をしている学生グループもいた。園内は屋台禁止なので、店は出ていないのだが、歩いている人のなかには、同じパッケージの軽食を手にしている人が多い。きっと反対側の出入口のところに、出店しているのだろう。以前は平気で石段が上がれたのに、今回、ちょっと息切れした事実に恐怖を覚えながら、穿《は》いているパンツのウエストに手をやった。

梅林はまだ満開ではなく、ちらほら程度だったが、枝には小さなつぼみがたくさんついていた。母は梅を地味といっていたが、花に顔を寄せるとちゃんと梅の花の香りがする。桜のゴージャスな美しさも認めるけれど、梅の控えめな美しさも愛《め》でたい。

梅には一本ずつ小さな木札が下がっていて、細筆書きで梅の種類が書いてあった。「初雁《はつかり》」「緋梅《ひばい》」「紅筆《べにふで》」「白加賀《しらかが》」などなど。白加賀はまだ咲いていなかったが、「思いの儘《まま》」という名前の木は、一本の木に紅梅と白梅、そして紅と白の絞りの梅三種類が咲くと但《ただ》し書きがあって、キョウコはへええと驚いた。その一角を訪れている人たちは、スマホや一眼レフカメラを手に、梅の花の写真を撮影していた。メジロが梅の木に留まっているのも愛らしい。自分のいやな気持ちをどこかに飛ばしてくれるのは、動物、植物なのだなあと、キョウコはあらためて確認した。勤め人だった頃は、いやな気持ちを飛ばすために、必要のないものまで買って消費でごまかしていたが、収入がなくなった分、そういったごまかしがきかなくなり、人としての根本に戻ったような気がする。ただあのときはそうでもしないと、とてもじゃないけど出勤できなかったし、仕事も続けられなかった。多大な出費を経て、無職になって家を出て、やっと今になってわかったのだった。

そこはかとなく梅の香りが漂う空気を吸いながら、しばらく梅林の中を歩いて、反対側の出口に出た。やはりそこにはキッチンカーが駐まっていた。食べ物や飲み物を扱っていて、そばのベンチでは、カップルがカレーを食べていた。キョウコはたまにはと、温かいミルクティーを買って、それを少しずつ飲みながら公園の周囲を歩いた。いつもはあまり行かない公園の裏側には、豪邸ばかりが建っていた。なかに警備員の詰所が門の横にある家があり、いったい誰の家かと表札をちらりと見たら、政治家の家だった。門扉の高さは見上げるようで、一切、中の建物は見えなかった。どれだけお金があったら、こんな家に住めるのだろうかと、キョウコは漠然と考えながら、人の出入りがほとんどない、豪邸が並ぶ道を歩いていった。

なかにガレージが開いている家があり、家の前に超高級車のマイバッハが駐まっていた。なぜそんな車を知っているかというと、会社に勤めているとき、クライアントの若社長が、その車に乗せてくれたからである。別に彼がキョウコに下心があったわけではなく、たまたまキョウコが乗る地下鉄の駅前を通るので、ついでに降ろしてくれるといった言葉に甘えたのだった。さすがにうちのお兄さんが乗っている車とは違うとは思ったが、降りるときに丁重にお礼をいい、彼の会社との仕事はのちに無事終了したのだった。

久しぶりに見たマイバッハは美しく磨き上げられていた。運転席にいるのは、実直そうな痩《や》せた中年男性で、紺色のスーツを着て白手袋をしていた。

「はいはい、お待たせしました。間に合うかしらねえ」

大きな声でいいながら家から出てきた女性は、明らかにキョウコやクマガイさんよりも年上だった。しっかりとお化粧をし、髪の毛は焦げ茶色にカラーリングして、肩のあたりでふわふわとカールしている。赤い縁の大きめのファッショングラスをかけ、ブルーと赤の柄のコートと同柄のワンピースのセットを着ていた。ひと目見て、いい素材だとわかるもので、きっと有名店でオーダーしたものだろう。バッグは実家を出るときに、キョウコが業者に売ったのと同じデザインのエルメス製だった。運転席の男性は、彼女が何か話すたびに頭を下げ、静かにドアが閉まって車は走っていった。豪邸に住んでいるご婦人たちは、あのような年齢になっても、きちんと身支度を整えていらっしゃると感心した。私なんぞ、午後になって、あら、今朝、顔を洗ったかしらっていう程度なんだからと、キョウコは自嘲《じちょう》した。今だって顔を洗ってクリームを塗った程度だから、あのご婦人から比べたらひどいものだ。たしかにきちんと化粧をすれば、それなりになるのかもしれないが、化粧が必要な場所に行くこともないし、それで肌にトラブルが起きるのなら考えたほうがいいけれど、特にそうでもないのなら、自分が気楽でいられるのがいちばんいいのだ。

警備員がわりなのか、大きなイヌを三頭、家の玄関に通じる広い前庭に放しているお宅もあった。グレート・デーン、セント・バーナード、バーニーズ・マウンテン・ドッグと、図鑑で見た子たちが勢揃《せいぞろ》いしていた。キョウコが門の前で立ち止まると、三頭は低い声で吠《ほ》えはじめた。しかし、

「みんなかわいいわね、いい子ね」

と中腰になって声をかけたとたん、三頭ともぶんぶんと尻尾を振りながら、キョウ

コにすり寄ってきた。門扉の柵《さく》の間から鼻先を出し、しきりに前足で足踏みをしているのは、バーニーズ・マウンテン・ドッグで、

「ああ、かわいい、かわいい」

といいながら鼻を撫でてやると、今度は前足を隙間《すきま》から突き出してきた。

「はい、握手」

前足を握ってやると、キョウコの手をぺろぺろと舐《な》めはじめた。ぶっちゃんとは違ってよだれの量も半端ではなく、あっという間にキョウコの手はべちょべちょになった。それを見ていた他のイヌたちが、

「私も、私も」

と鼻を出し、前足を伸ばしてきた。

「はいはい、みんないい子ね」

平等になるように、鼻や前足を撫でてやると、三頭は門扉があるのがもどかしそうに、大きな体を柵に何度もこすりつけた。そのたびにすれて抜けた毛が、ぱあーっと宙に散った。特にバーニーズ・マウンテン・ドッグは人なつっこいのか、仰向《あおむ》けで絶対服従の姿勢になっていた。広い芝生の奥に大きなアーチがあるのを見ると、もう少し暖かくなったら、バラの花のアーチになるのかもしれない。ガーデニングというの

がふさわしい、園芸に詳しくないキョウコでもわかるような、きれいに手入れされた庭だった。古代ギリシャ風美女の白い彫像も奥のほうに見えた。

「広いお庭で仲よく遊べていいわねえ」

イヌたちは、ふがふがと鼻を鳴らしながら、

「中に入ってきて一緒に遊んでよう」

といっているかのように、柵に体を何度もこすり続けていた。

「遊びたいけどね、あなたたちのおうちには入れないからね。また今度ね」

そう声をかけて立ち去ろうとした。すると三頭が連なって後を追ってきて、門扉の端っこの柵の間から、ぎゅうぎゅう詰めになって鼻を出していた。笑いながらバイバイといって手を振ると、

「あれ？　行っちゃうの？」

といいたげな表情で、じっとキョウコを見つめていた。抱きついてみたかったなと残念に思いながら、アパートに戻る道を歩いていた。また楽しみな散歩のルートを開拓できた。

空になったミルクティーの紙カップを手にしながら、ぶっちゃんは散歩しているかなと、きょろきょろしてみたが、残念ながら姿は見えなかった。

梅の花とイヌたちに気持ちを和らげてもらい、上機嫌でキョウコは部屋に戻った。空のカップをゴミ袋に入れて手を洗い、ふうっとひと息つくと、隣室から音が聞こえてきた。

（チユキさん、起きたのかな）

隣の音が聞こえるのは、住居的にいいのか悪いのかはわからないが、江戸の長屋はたぶんこんな感じで、隣に何かありそうな気配があったら、助けに行ける、っていう感じでいいんじゃないかと、キョウコは考えている。クマガイさんの部屋からは何の音も聞こえてこなかったが、昨日はなかった洗濯物が干してあったので、特に問題はないだろう。

キョウコはご近所の雰囲気をいちおう確認した後、図書館で借りた本を読みはじめた。草双紙《くさぞうし》の復刻本で、山東京山《さんとうきょうざん》の作、猫好きで知られている歌川国芳《うたがわくによし》の絵による『朧月猫《おぼろづきねこ》の草紙《そうし》』だ。原本の版面だけでなく、翻刻文、校訂も併記されているので、うねった文字を見て、

「これは何と書いてあるのか」

と首をひねる必要はない。まだ読みはじめたばかりなのだが、主人公はネコのおこまちゃんである。

「楽しみ〜」

昔の人もネコ好きだったとわかると、なぜかうれしい。もちろんイヌも好きだったのだろうけれど、今と同じようにネコのほうが、より人間の生活にも体にも、密着して過ごしていたのに違いない。

シャワー室に誰かが入った音がした。あの足音からするとチユキさんだが、彼女はふだんはいつも機嫌がよく、そんなときには鼻歌が出るのに、そうではなかった。まあ、たまにはそういうときもあるのかなと、キョウコは気にとめずに、文語文の活字を目で追っていた。二十分ほどして彼女は部屋に戻ったらしい。本に没頭してしばらくすると、彼女の部屋をノックする音が聞こえた。彼女の部屋を訪れる人は珍しく、だいたいこのアパートにやってくるのは、

「あなたは今幸せですか？　悩みはありませんか？」

などと聞いてくる新興宗教の勧誘か、怪しげなセールスくらいしかない。大丈夫かしらと様子をうかがっていると、どうやらやってきた人は彼女の知り合いらしく、特に問題なく会話は終了して、その人は帰っていった。

しばらくして、キョウコの部屋の戸がノックされた。

「こんにちは。チユキです」

と声がした。戸を開けると、

「すみません。今ちょっといいですか」

彼女は小声で聞いた。

「大丈夫よ。どうぞ」

「いえ、あの、よろしかったら私の部屋のほうへ……、いかがですか」

「ああ、はいわかりました」

彼女は気を遣ってくれたのに違いないと思いつつ、隣の部屋に移った。

「いつも突然、すみません」

「とんでもない、だいたい私たちはいつも、突然になっちゃうのよ」

「申し訳ないです」

彼女は何度も頭を下げながら、まだちょっと乾ききっていない髪の毛のまま、お茶を淹《い》れてくれた。

「本当はLINEで様子をうかがったりすればいいんでしょうけど」

お茶請けの海苔《のり》入りかき餅《もち》も勧めてくれた。

「ごめんなさい、私、ガラケーなの」

「あっ、そうなんですか。でもそれでも用は足りますよね。私はいちおうスマホなんですけど、面倒くさいなって思うことがあります。特にＬＩＮＥとか、気軽に交換したら、時間なんか関係なく送ってきたりして。夜中の三時に送ってきたりするんですよ。あんたは起きてるかもしれないけど、私は寝てるんだっていいたくなりますよ。おまけに既読がつかないと、何度も送ってくるんです」

「しつこい人なのね」

「そうなんですよ。スマホの前で二十四時間待機しているわけじゃないんですから。そういう人って、ずっとスマホを見ているんでしょうか」

「依存症みたいになっているんじゃないのかしら」

「そうでしょうね。でもそういうのに巻き込まれるのはいやだなあ」

「あなたはよくて、あなたはだめ、って分けるわけにはいかないものね」

「そうなんですよ。マナーがいいか悪いかなんて、そのときはわからないですよね。だからといって、教えないってきっぱり断るのも、ちょっと……」

「そうよね、難しいわね」

世間話がしばらく続いた後、いつものように正座をして向かい合った彼女は、

「もう、あっちに行くのがいやになっちゃったんです」

とぽつりといった。

「あっちって、山のこと?」

「はい」

「喧嘩《けんか》でもしたの?」

「いいえ、そうじゃないんですけれど。どうも人間関係がうまくいかなくて」

前から彼とはともかく、ご近所の人たちとの関係が難しいとは聞いていた。彼はチユキさんについて、あれこれいわれても特に弁解などはせず、いわれたことを聞き流してくれていた。その話を聞いたとき、キョウコも、彼らにあれこれ説明するよりも、そのほうがいいのではないかと思っていた。しかしそれでは彼らは自分たちの疑問が解消できないので、とてもしつこく絡んでくるようになったというのだ。

「つまりプライベートを全部話せっていうこと?」

「まあ、そうです」

「そんなの大きなお世話よね」

「それがあの人たちにとってはそうじゃないんです。自分たちが周辺の人たちについて、すべてを知っていないといやみたいで」

「勝手にそういわれても、こっちにも事情があるし、他人にいいたくないことだってあるわよね。その人たちにだってあるんじゃないのかしら」

「さあ、どうなんでしょうね。ただご近所の人たちは、周辺の人物情報はすべて共有しているようです」

「困ったわね」

「以前は高齢の人たちばかりだったのに、最近は、その人の子ども世代の人たちも、あれこれいってくるようになったらしいんです。親が『歳《とし》が近いんだから、お前が行って、ちょっと聞いてこい』っていう感じで。まあ、パシリですかね」

「子どももいい迷惑ね」

「その人たちも興味津々なんですよ。自分たちと年齢が近いので」

「なるほど」

　山は寒いので、なるべく行きたくはないのだが、それでも彼と会いたいときもある。それで連絡を取ってみると、彼が、

「来るのは、全然かまわないけど、最近はちょっと面倒くさいんだよ」

　と愚痴めいた言葉をいっていたのだとか。

「彼がそういうのって珍しいんです。きっと聞き流すのにも限界が来たのかなって思いました」

　余計な雑事に煩わされず、思いっきり仏像を彫りまくり、自分が食べる分の野菜を

作っていられれば、幸せな毎日だろうに、雑音を聞かされるのは、さぞかし苦痛だろう。

「ただでさえそんな具合なのに、そこに私が行ったら、もう……」

「飛んで火に入る夏の虫ね」

「そうなんです。もう黒焦げです」

彼女は苦笑しながらぐいっとお茶を飲んだ。

「いっそ、全部を話しちゃうっていうのはどうなのかしら」

「うーん、そうですねえ。でもそれはそれで、とても面倒くさくなっちゃいそうな」

「あれこれ聞かれて？」

「きっとあの人たちの関心というか、興味って尽きないんじゃないでしょうか。たとえば、これまでの私たちの話をしたとしても、興味を持たれ続けて、この間まで教えてくれたのに、どうして急に話してくれなくなったのかって、いい出しそう」

「なるほどね。それだったら黙っていたほうが無難かもしれないわね」

「でも敵の攻撃がすごいんです。なんだかんだと用事を作って、徒党を組んで来ますから。元気かどうか様子を見に来たといいながら、実はそうじゃないんです。根はいい方々なんですけどね。ただプライベートに関しては、ちょっときついです」

「彼もちょっとそう感じはじめているのね」

「集中して彫っているときに来ると、最初は面倒でも手を止めて相手をしていたのですが、そのうち応対しなくなったら、勝手に家の中に入ってくるようになっちゃったっていうんですよ」

「えーっ」

「そういうのって普通みたいです。それで仏像を触ったり、居座ったり。私だって彼が彫ったものを勝手に触ったりはしないです」

「困ったわねえ」

「さっき彼に渡す品物を持ってきてくれた人がいて。配送して万が一、壊れると困るので、届けたいんですけれど」

「駅で受け渡しっていうのはどうかしら」

「それが車で追いかけてくるって」

「ええっ」

「いわゆる尾行ですね。でも悪気は全然、ないんです。あら、あそこの家の人、どこに行くのかな、ついていってみようっていう程度のことらしくて」

「はあ」

「本当に、はああ、なんです」

チユキさんは深くため息をついた。

2

悩んでいたチユキさんだったが、意を決して山に行くと決めたようだ。

「困難には立ち向かわないといけません。太刀打ちできないときは逃げますが、何とか私にはできるような気がします」

そう宣言して、彼にと託された品物を大事そうに抱えて、出かけていった。

「どうぞご無事で」

つい口をついて出てしまった、キョウコの言葉を聞いた彼女は、

「あははは」

と大声で笑いながら振り返り、

「いってきます」

と手を振った。

これも彼女にとっては人生勉強なのかもしれないなあと、部屋に戻ったキョウコはぼーっと窓の外を眺めた。今日は曇りなので雲の移動は少ないが、グレーと白のグラデーションが少しずつまじり合っていった。

チユキさんのパートナーの周辺に住んでいる人たちは、基本的にはいい人たちなのだろう。ただ人間関係の距離の取り方を学んでいないというか、慣れていないので、彼女も当惑してしまったのではないだろうか。そう考えながら曇り空を眺めていると、それは都会と呼ばれる場所に住んでいる自分の、勝手な考えなのかもしれないとも思った。

彼らはずっとその土地で、そのような考え方で暮らしてきたのである。それを外から、他人との距離の取り方を学べ、慣れろ、常識はずれだなどとはいえないのではないだろうか。すべて自分の物差しでしか測れないのは問題なのではないか。しかし自分の物差しがないと生きていけない。いちばんいいのは、距離を置くことだが、今のチユキさんにはそれもちょっと難しい。

「私だったら行かないな」

そうつぶやいたキョウコは、こういう人間だからだめなのだと苦笑した。チユキさんは困ったと悩みつつ、それでもパートナーが暮らす山に行く。そこには彼に対する愛がある。淡々とした関係のようでも、人に対する愛がある。もし自分が彼女と同じ立場だとしたら、まあ、あちらも大人だから、そんなに会わなくて大丈夫だろう、と勝手に想像して、自分が不愉快に思わないで済む方法を選んでしまいそうだ。

「だから今の、このような私があるわけですね」

自分でつぶやいて自分でうなずいて、再び苦笑するしかなかった。

食材を買いに出たついでに、いつもの生花店で、店内で目に付いたクリーム色と、白と赤のまだらの模様のチューリップを二本ずつ買った。

「クリーム色のほうは、エンジェルズウィッシュ、白と赤のほうはエステラインベルトっていうんです」

「えっ、はっ？」

呪文《じゅもん》のようだった。一度で覚えられないのは悲しかったが、キョウコが聞き返すと、店主は、

「ちょっと難しいですよね」

と笑いながら花の束を渡してくれた後、テーブルの上のメモ用紙に花の名前を書いてそれもくれた。キョウコはその文字をじっと目に焼き付けた。

「へえ、知りませんでした。こんな名前のチューリップがあるなんて」

「そうですね。チューリップってとても身近な花なんですけどね。小さい子がお絵かきのときに、簡単に花の上のほうに三つの山をつくって描くじゃないですか。日本人にはあのイメージがずっとあるんですね。でもぱっと開いたチューリップもあるんですよ」

店主は図鑑を見せてくれた。そこにはこれがチューリップかと驚くような、花弁が開いた、イメージとは違う花があった。

「これはマンマミーアですね。こっちはニンジャ。これはイメージどおりのチューリップっていう感じかな」

「ああ、そうですね」

他にも花弁が開いたモンテオレンジ、紫色のミステリアスパーロットなど、キョウコは興味津々で図鑑に見入っていたが、ページをめくり続けて、しばらくしてはっと我に返った。

「いろいろと教えていただいてありがとうございました。こんなにたくさんの種類があるんですね」

「そうなんですよ」

店主はにこにこしながら、いつものように店の外まで出て、見送ってくれた。

「知らなかったわあ」

キョウコはひとりごとをいいながら、図鑑の見たこともないチューリップの品種を思い浮かべ、もやしとほうれんそうと卵を買って帰った。

花瓶にチューリップを活《い》けてしばらくすると、びっくりするほど花が開いてきた。木造の超絶古いアパートでも、外より少しは暖かいのか、のびのびしはじめた。

店主がいったような、花の上のほうに三つの山があるように咲くと想像していたのに、それに反してまるでつぼんだ口をがーっとあくびをするように花が開いた。近づいて花の中をのぞいてみると、クリーム色のほうの中央にはシルクの小さな花弁が合わさって、雄《お》しべと雌《め》しべを覆っていた。

こっちは何だっけと、もらったメモを確認し、そうそう、これはエンジェルズウィッシュだったとうなずいた。もう片方のまだら柄のほうを見ると、紫色の雄しべが並んでいる中央に、白い雌しべがあった。まるで鳥の羽が重なり合ったような形状で、開いた花の形だけを見たら、チューリップとは思わないだろう。こっちはエステラ・インベルトともう一度確認した。

白と赤のまだら柄に、中央が濃い紫。こんな色合いをだれが考えつくだろうかと、キョウコは感心した。どちらも葉っぱが明らかにチューリップなので、それでわかるといった具合だ。じーっと花を眺め続けていたが、飽きることはなかった。

確執があった亡母は、活け花を生きがいにしていたので、キョウコは花と聞いただけで拒絶反応を示し、実際若い頃にはまったく興味がなかった。女性は花が好きだからといわれると、

（そんなことないのに）

とむっとしていた。会社に勤めているときには、丁寧なクライアントからお礼の花束をいただいたこともあった。もちろん失礼がないように喜んでみせたし、丁重にお礼を申し上げたものの、内心はうれしくなかった。家に帰るまでの電車のなかでは、

（面倒くさい。荷物が増えてしまった）

とため息をついた。ぞんざいには扱えないものをいただくのは、正直、迷惑だった。家に帰って水を張ったバケツにその花束を入れておくと、朝、起きてきた母は、

「あら、いただいたの、素敵」

と喜んで勝手に活けてくれたので、それはよかったのだが、花をもらってから家に帰るまでは最悪の心境だった。そんな自分が、今、共用のシャワー室やトイレ、自室に花を飾っているのが不思議だった。この年齢になって、花のよさがわかってきたの

は、自分が歳《とし》を取ったからかもしれない。

花は古アパートの部屋を電灯よりも明るくしてくれる。一週間か二週間ほどで、姿はなくしてしまうのだけれど、その間はとても幸せな気持ちでいられる。しかしだんだん花が傾きはじめ、枯れかけているのを見ると、花に慣れていないキョウコは、いったいどうしていいのかわからなくなる。捨て時がわからない。まだかろうじて花として存在を保っているのに、捨てるのはかわいそうだし、かといって飾るにはちょっとしょぼくなっている。

（今の私って、こんな感じ？）

とも思う。そうなると余計に枯れかけた花を捨てられなくなり、どこからどう見ても、ぱっさぱさにならない限り、花瓶に活けたままにしておくようになった。最初はぱっと室内を明るくしてくれていた花は、徐々に古アパートの室内になじんでくれるのだった。

クマガイさんはまたお友だちから仕事を頼まれたようで、

「面倒くさいわあ」「疲れるわあ」

といいながらも、毎日、お洒落《しゃれ》な格好で出かけていった。豪邸から出てきた、きちんとお化粧をしている高齢の女性も素敵だけれど、髪の毛をひとつに束ね、ノーメイクのクマガイさんも素敵だ。世の中のあれこれに惑わされないで、我が道を行けばいいのだ。

キョウコは勤めているときは、しっかり化粧もしていたが、ここに引っ越すときに、日焼け予防のためのパウダーファンデーション、口紅一本は持ってきたが、それ以外のマスカラ、アイシャドウ、チークなどのメイクアップに必要な化粧品は全部捨ててきた。顔に塗るものにお金をかけたくないので、近所のスーパーマーケットかドラッグストアで、石けん素地だけの固形石けん、安い化粧水と保湿用クリーム、日焼け予防のためにプチプラのパウダーファンデーションだけは買っている。それでもほとんど部屋の中にいるので、パウダーファンデーションも何年も持つ。少しでも安くあげるために、コンパクトに入ったものではなく、リフィルのほうを購入する。勤めているときに使っていたものの十二分の一の値段だけれど、特に問題はない。もしかしたら問題はあるのかもしれないけれど、自分では気がつかないので、それでいいのだ。

時折、あまりに顔がぼけて見えることがあるので、四百円でアイブロウペンシルを買ったが、これで眉《まゆ》を描き足すとちょっとはましになった。ばか高いメイクアップ用品でないとだめだと思っていた自分は、いったい何だったのだろう。

クマガイさんは特別に眉を描いているふうでもなく、口紅もたまにつけているようだが、ほとんど色味のないものばかりだ。もともとネイティブアメリカンのような雰囲気の人なので、ナチュラルな感じがとてもよく似合う。皺《しわ》までも素敵だ。いつも落ち着いて見えるのも、彼女の醸し出す雰囲気によるのだろう。あんな人になりたいものだと憧《あこが》れつつ、自分とはタイプが違うし、生きることに関しての気合いも違うのだろうなと半分あきらめている。いったい自分はどのように歳を取っていくのだろうかと、さっきよりももっと開いた感じがする、エステラインベルトと、エンジェルズウィッシュを眺め、そして匂《にお》いを嗅《か》いでみた。

コナツさんから久しぶりに電話が来た。まだまじめにスーパーマーケットで働いているようだ。

「ヨシヒロくんが大きくなってきたので、相手もしてあげたいし、少し働く時間を減らそうかと思っているんです」

「大きくなったでしょうね」

「服なんか買ってもすぐに着られなくなっちゃって、お金がかかってしょうがないです。だからスーパーの近くにあるリサイクルショップ知ってます？　あそこだと売れ残ったものが箱の中にどっと入っていて、それが五十円だったり、しみが落ちていないものは、ただのものもあるんですよ。大きめのを持ってきて着せてるんですけど、すぐに小さくなっちゃうんですよねえ」

　愚痴をいいつつ彼女はうれしそうだった。

「男の子は行動範囲が広そうだしね。これから目が離せなくなるでしょうね」

「この間もはっと気がついたら、車がびゅんびゅん通る道路に立っていて、近くにいた道路工事のガードマンのおじさんが、あわてて保護してくれたので助かりました。『お母さん、あんた何やってんの』って、怒られましたけど」

「あらー、それは大変」

「何かあったらと思うと、どきどきしちゃいます」

　コナツさんは最初は元気そうにしていたが、

「それで……」

　といったかと思うと、ふっと黙ってしまった。

「どうしたの？」

「それが、あの、前の事実婚の奥さんのことは話しましたよね」

「うん、聞いたわ」

「ヨシヒロくんの戸籍については収まったんですけど、そうしたら急に、会わせてくれって、いいはじめて」

「ええっ、あれだけほったらかしにしていたのに？」

「本当に信じられないんですよ。自分の子どもを元夫に押しつけて平気だったくせに。自分が育てる気がないんだから、子どもにとったら実の父親に引き取られるのがいちばんいいでしょう。あの人も納得したはずなのに、今になって文句をいってきて。変なんです」

「どういうつもりなのかしら」

「あたしたちへのいやがらせでしょうかねえ」

コナツさんがいうには、彼氏がそばにいるときは、とにかくヨシヒロくんを無視した態度だったのに、自分の籍から抜かれてしばらくしたら、やたらと会わせろといいはじめたというのだ。

「タカダくんの話だと、彼氏と別れ話が出ているみたいなんです。そんなのはこっちと関係ないことだから、ヨシヒロの話と結びつけるなって怒ったのに、毎日、ぐずぐずと電話をかけてきて、『いつ会わせてくれるの？　いつそっちに行ってもいいんだけど』なんていってるんですって」

「それはいやよね」

「いやですよお。あたしはヨシヒロくんの本当の母親じゃないので、母子の関係に口は挟めないですけど、元夫がだめだといっているんですから、それはだめなんですよ。それも赤ん坊をほったらかしにして家を出たくせに、男に捨てられそうだからって、子どもに会わせろなんて、何を考えているのかっていいたいです」

コナツさんの声がだんだん怒りに変わってきたのを聞いていたら、

「すみません、こんな話をして」

と謝った。

「いいのよ、気にしないで」

コナツさんがヨシヒロくんの母親に対して怒っている以上に、タカダさんが怒っているのが、まだ救われるという。

「籍を移したときも、あたしはほとんどタッチしていないんですけど、自分の子どものことなのに、彼女があまりに不真面目《ふまじめ》な態度だったので、彼は本当に呆《あき》れたみたいです。なのに今更……」

元妻の相手は水商売の男性で、タカダさんは新しい彼ができたという話を聞いたときから、それはビジネストークなのだから、真に受けるんじゃないって忠告したらしいのだが、彼女はそれをタカダさんの焼きもちとしか取らず、「自分はこういう仕事をしているけれど、こんなに好きになったのは、お前だけだっていわれたから」といっていたという。

「あははは」

思わずキョウコは笑ってしまい、あわてて、

「あ、ごめんなさい」

とコナツさんに謝った。

「いいえ、笑ってください。本当に笑いたくなるような話だから」

意外に百戦錬磨の女性ではなく、男性に慣れていない人なのかしらとも思ったが、だからといって赤ん坊の我が子をほったらかしにして、男性のもとに走るのは、どう考えてもいただけない。

「自分勝手なのは確かだけどね」

「自分勝手すぎますよ。どれだけ周りをひっかきまわしているか。百歩譲って大人はまだいいですけど、子どもまで巻き込むなんて許せないです」

終始コナツさんは怒っていた。

「タカダくんが根負けして、ヨシヒロくんと会わせるのはいやだなあ」

ぽつりといった。

「前はあたしは血がつながっていないので、本当の母子が会うのはいいかなって考え

ていたんですけれど、ヨシヒロくんがきちんとタカダくんの息子になるまでの間の出来事を考えると、もういやですね。会わせたくないです。ヨシヒロくんが成人になったとか、彼が自分で会いたいっていえるようになったとかなら別ですけれど」

「あなたの気持ちをちゃんと、タカダさんにも伝えたほうがいいわね」

「それは伝えました。彼も同じ考えだっていってくれたので」

「二人が同じ気持ちならよかったじゃない。彼女の気持ちを考えると、ちょっと気の毒な気もするけど、まあ、仕方がないわね、自分が蒔《ま》いた種なんだから」

「そうなんですよ、自分が悪いのに、ごり押しされても、ねえ」

キョウコはコナツさんに、

「とにかく無理をしないようにね。タカダさんと二人でよく話し合って、気持ちが一致していれば面倒なことも乗り切れるから、ゆったり構えて暮らしてね」

といって電話を切った。彼女とタカダさん父子との生活も、結びつきが強くなっているようだ。今度、彼女がアルバイトをしているスーパーマーケットを、ちょっとのぞいてみようかなと思った。

五日後にチユキさんは帰ってきた。いつものように地元のおみやげを持ってきてくれた。今回は山菜セットと手作りヨーグルトとチーズで、キョウコは彼女の部屋にお呼ばれをして、お茶をいただいた。

「おせんべいも道の駅のです」

以前は大袋にどんと入っていたのが、おみやげ用の小分け袋も売りはじめて、買いやすくなったと評判がいいらしい。

「お醤油《しょうゆ》をいただいていい？」

キョウコが確認すると、チユキさんは、

「あっ、お好きなのをどうぞ。それでは私はざらめをいただきます」

二人でちゃぶ台で向かい合って、黙々とおせんべいを食べ、お茶をひと口飲んだ後、どちらからともなく、

「うふふふ」

と笑ってしまった。キョウコが山での出来事を、こちらから聞くのは失礼だと思い黙っていると、彼女は、

「やっぱりいろいろと大変でした」

と笑った。

「ああ、そうだったの。それはご苦労様でした」

でも彼女はにこにこ笑っている。どうしたのかなと思っていると、

「カーチェイスをしたんです。農道で」

という。

「カーチェイス？　農道？」

聞き返したキョウコに向かって、チユキさんはお茶を飲みながらこっくりとうなずいた。

チユキさんが山の最寄《もよ》り駅に着いたとたん、視線を感じたのでロータリーに目をやると、親しくはしていないご近所さんが、息子さんらしき男性と白い車でやってきていた。離れていたし、しっかりと目が合ったわけでもないので、そのままパートナーが運転する車に乗って、山の家に向かった。すると後ろにぴったりとその白い車がくっついてきた。彼がバックミラーを見ながら、あの車はずっと後ろをついてくるというので、駅での話をすると、

「そうか、尾行されているのかな」

といい、突然、アクセルを踏んだ。もちろん法定速度内だが、急にスピードが出たので、チユキさんがあわててサイドミラーを見ると、何と後ろの車もスピードを上げてついてきたというのだ。

「ええっ、なんで？」

「そうなんですよ。どこの誰かがわかってるんだから、それでいいじゃないですか。なのに彼がスピードを出したら、ものすごい勢いでついてくるんですよね。カーブもぐいぐい曲がっていくのについてきて。まあ向こうのほうが地元なので、道路はとてもよく知っていると思うのですが、何も等間隔を保ったまま車を走らせなくてもいいと思うんですけど」

そして彼がスピードを落とすと、同じように速度を落として、追い抜くことはしなかった。

「彼も面白がっちゃって、スピードを出したり減速したりしたら、後ろの車も同じようにするんですよ。絶対に等間隔は守っていて。何なんでしょうかね」

彼らはチユキさんたちが家に入るのを見届けて、走り去ったという。これでご近所には知れ渡ったねと二人で話していたら、案の定、翌日の早朝、雨戸を開けたとたん、

「おはようございます」

と声がして、庭にご近所さんがずらっと顔を揃えていたというのだった。

「あらー」

キョウコはつい笑ってしまった。

「それが尾行の結果だったわけね」

「そうです。運悪く駅に到着したとたんにそうなったというわけです。まあ、いずれはそうなるのはわかっていたんですが」

　ご近所さんたちは、手に自分たちの畑でとれた野菜や、自家製の漬け物などをたくさん持ってきてくれたのだそうだ。

「ありがとうございますといただきつつ、うーん、っていう感じでしょうかねえ」

「でもみなさん、ちゃんとおみやげを持ってきてくださるのね」

「いやいや、あの辺りは手ぶらで人の家なんかいけないですよ。食べるものには不自由しないし、何かしらは家に大量にあるので。うちに大量にあるのは、彼が彫った謎《なぞ》の仏像ですけれどね」

「仏像はあげたの？」

「いいえ、全部、彼が管理していて、私が手を出すなんてできないです」

「我が子みたいなものなのかしら」

「さあ、どうなんでしょうね。まあ自分で気合いを入れて彫っているものですからね。でもご近所さんはあれをもらってもうれしくないと思いますよ」

　チユキさんは首を傾《かし》げていた。

「煮ても出汁《だし》は出ないし」

「鰹節《かつおぶし》で彫ったら出るわね」

「そうですよね。鰹節に彫ればいいのに。できないのかなあ」

「ネコがいっぱい寄ってきそう」

「あいいなあ、部屋にネコがいっぱいいるの。鰹節に彫るの、本当にできないかなあ」

チユキさんはまた真顔になった。木造家屋の部屋に、たくさんの鰹節が積まれ、次々に仏像が彫られる、そこに何十匹ものネコたちが集まって、ふにゃふにゃ鳴いたり、仏像を舐めたり、仰向けのへそ天になって寝たりしている。二人はそれぞれその光景を想像し、

「最高ですよね」

と同時に叫んだ。彼女は本気で、鰹節の仏像をアドバイスしそうな雰囲気だった。


ご近所さんたちは、チユキさんと彼が連れだって庭に出たのを見ると、ずらっと顔を揃え、二人が室内に入ってふとガラス窓の外を見ると、じっとこちらを見ていたりする。

「あははは、気になるのねえ」

「そんなに変わったことなんかしてないですよ。彼は仏像を彫って、私はお茶を飲ん

でいるだけなのに」

　珍しくもないわよねえ、といい合いながらお茶を飲んだ。

「そうそう、画期的なことがあったんです」

　チユキさんは急に大きな声になった。

「駅前の道の駅で買い物をしていたら、視線を感じたんです」

「えっ、またご近所の誰か？」

「違うんです。顔をあげたら私と同年配のカップルがいて、目が合ったとたんに、女性が走り寄ってきて、『外から来た方ですよね』って小声でいうんです。びっくりして、ええ、そうですって返事をしたら、私たちもそうなんですっていうんですよ」

　女性の後を追って男性もやってきて、彼らは北のほうから移住してきたのだという。彼らは半ば強引に、

「お茶でも飲みませんか」

　といって道の駅の横にあるカフェに誘ってきた。チユキさんと彼は顔を見合わせたものの、特に用事もなかったので、偶然に出会った二人とお茶を飲むことになった。

　カフェの隅の席に座ったとたん、女性は、

「わあ、うれしい。やっとお話できる人たちがみつかった。ねっ」

そう声をかけられた男性も、うれしそうにうなずいている。どう返事をしていいかわからず、ただ笑っているチユキさんたちに向かって、二人は夫婦で二年前に移住してきて、農業をやっているのだといった。

「それはいいですね」

チユキさんがそういうと、二人は顔を見合わせて、

「それがそうじゃなかったんです」

と小声になった。

「お二人はお仕事でこちらに来たのですか」

男性が聞いた。

「僕は以前は東京で仕事をしていたのですが、何だか疲れてしまって、そういう騒がしさから離れたいなと思って、仕事をやめて、ここに来て、まあ好きなことをやっています。自給自足で」

とパートナーはそういい、チユキさんが、

「私は東京と行ったり来たりです」

と話すのに夫婦はうなずいていたが、

「毎日、いろいろと大変じゃないですか」

と聞いてきた。チユキさんの頭の中には、まっさきに無邪気なご近所さんたちの顔が浮かんだが、

「ああ、まあ、そうですねえ」

と曖昧《あいまい》な返事をしておいた。

「仕事的には問題はないのですけれど、人間関係がもう大変で。友だちもいないし。以前は同じように夫婦で移住してきた人がいたのですけれど、沖縄《おきなわ》に引っ越してしまいました」

女性は悲しそうにうつむいた。

「はあ、そうですか」

チユキさんはそう相づちを打つしかなかった。

飲み物が運ばれてきてからは、夫婦が一方的に、いかに自分たちの考えが甘かったかを話し続けた。夫婦は交際中から、将来は緑が豊かなところで、作物を育てて生活したいと考えていたが、北の方の出身なので、冬場は作物を収穫するのが難しく、移住する場所は果物や野菜が豊富にとれるところをと考えていた。結婚後、夫婦で働いて資金を貯《た》め、目標の金額を持って、この道の駅のもっと奥に土地つきの家を買って農業をはじめたのだという。

ところがたまたま周辺に住んでいる人たちと相性が悪かったらしく、ずっといじめに遭《あ》っていると訴えるのだった。家の前にゴミやイヌの糞《ふん》を置かれる、やってもいないことをやったといわれる、若いのだから頑張れと、周辺の人々と合同でやる作業も、自分たちだけでやらされ、できが悪いと罵《のの》られる。

「のんびりしようと思って移住したのに、のんびりなんかできないのです。いつも監視されているみたいで。そんなことはありませんか」

チユキさんが過去に自分が経験した話をすると、夫婦は、

「ああ、そのくらいのことは」

と何でもないといいたげに首を横に振るのを見て、チユキさんはぎょっとした。どこに住んでいるのかと聞かれて、住所をいうと、

「あそこはまだ都会だから」

といわれてまたまたぎょっとして、彼と思わず顔を見合わせた。

夫婦が住んでいる場所は、高齢者だけの世帯ばかりだという。好奇心旺盛《おうせい》というよりも、若い者にはきちんといっとかないといかんというタイプの人たちのみで、夫婦が何かをしようとすると、頼んでもいないのにやってきて、「何をやっているのか」「それはいけない、これはいけない」「そんなことをしているからだめなのだ」とすべ

て否定されるのだと嘆いていた。

「ちゃんと野菜が育っているところもあるのに、そこは無視してできていないところばかり責めてくるんです。それも頭から怒鳴りつけられて」

「やだー、それはいやだわ」

チユキさんが同情すると、

「私たちは別に褒めてもらわなくてもいいのです。ど素人だからできないこともたくさんあるし、ベテランの方から学ぼうとする気持ちもありました。でもいつも頭ごなしに怒鳴られて、ろくに教えてもくれないのだったら、老人たちの鬱憤《うつぷん》晴《ば》らしのために、私たちがいるような気がして。本当に辛《つら》いんです」

そういいながら彼女の目には涙が浮かんできた。男性が心配そうに顔をのぞきこんだ。

ふだんは無口なパートナーも口を開き、

「無理をしたり我慢したりするのは、精神衛生上いちばんよくないです。このままいても状況は変わらないような気がするけれど」

といった。夫婦が躊躇《ちゆうちよ》するのは、家を買ってしまって、まだ家のローンが残っているからだと聞いたチユキさんは、

「ローンで人生を縛られるなんて、つまらないですよ。どうせお金を払うんだったら、自分たちが住んで気持ちがいい場所にしたほうがいいような気がしますけど」

とアドバイスしたのだが、夫婦は両親の猛反対を押し切って今の生活を選んだので、何をいわれるかわからないといっていた。

「自分たちの人生なのにね……」

チユキさんはふうっとため息をついた。

3

ため息まじりのつぶやきを聞いた彼女は、自分たちの人生という言葉を聞いて、びくっと体を震わせた。そしてしばらくうつむいていたが、

「そうなんですよね、それはそうなんですけれど」

と口ごもりながら、男性のほうをちらりと見た。彼も困った顔になっている。

「今の状況が長く続くようだったら、場所を変えたほうがいいんじゃないでしょうか。

同じように新しく農業をはじめても、地元の方々とうまくやっている人たちもいると思いますけれど」

「インターネットで検索してみると、自分たちだけが辛い思いをしているみたいで。潑剌《はつらつ》と農業をしている人たちの体験記を読んでいると、だんだん悲しくなってくるんですよ」

男性もため息をついた。

「ですから、そうなるように現状を変えたらどうですか」

「そうですよね。でもお金を借りちゃったので……」

男性もうつむいてしまった。

「自分の人生は、待っていても誰も変えてくれませんからね。自ら行動を起こさないと、ずっとそのままですよ。思い切って農業に飛び込んだのだから、これからも状況を変えていけるんじゃないですか」

チユキさんの彼が静かにいうと、また女性が泣いてしまった。行きずりの者としてアドバイスしかできない。会話も少なくお茶を飲んでいると、夫婦は、

「突然、申し訳ありません。こちらが勝手に声をかけてしまって。それなのに話を聞いてもらって……、ありがとうございました」

と揃って頭を下げた。

「いえ、あの、その、こちらこそ勝手なことをいって申し訳ありませんでした」

相談もしていないのに、チユキさんと彼は同時に言葉を発して同時に頭を下げた。

「あのう、ご迷惑でなかったら、連絡先を教えていただけませんか」

女性がスマホを取り出したので、チユキさんが自分の連絡先を教えた。

「ありがとうございます。くだらない話を聞いてもらって、ちょっと気分が晴れました」

「このごろずっと二人で気分がふさいでしまって。いったいどうしようかって思っていたところだったんです」

二人は口々にそういって、何度も頭を下げた。そのたびにチユキさんたちも、

「いえいえ、とんでもない」

と頭を下げるその繰り返しだった。何度も「申し訳ありませんでした」を繰り返しつつ、彼らは車に乗って帰っていった。

「大変ね。毎日、いやがらせをされるなんて」

チユキさんがつぶやくと、彼は、

「うちはまだましだね」

といった。

「まし？　たしかにあれほどじゃないけど、私たちだって、結構大変よ」

チユキさんが反論すると、彼は黙って笑い、買い物かごを持って買い物をはじめた。そして荷物を持って店を出ると、どこからか現れた例の追跡者に追われ、再びカーチェイスをしながら、家まで戻ってきたのだった。

いろいろなことがあるねと話しながら、二人で昼食を作った。ゆでてつぶしたかぼちゃにバターや牛乳を入れたポタージュ、レタス、トマト、サラダほうれんそう、きゅうり、ハーブ、ブロッコリースプラウト、ゆでたまごのサラダは彼担当。電子レンジやミキサーはないので、かぼちゃをつぶすのはフォークだ。チユキさんは道の駅で購入した、手作りソーセージ、ジャガイモ、ズッキーニ、ニンジンの薄切りの焼き担当である。台所の調理台で並んで調理をしていると、気配を感じたので目の前の窓の外を見ると、ピンク色の割烹着《かっぽうぎ》を着た近所のおばあさんが、庭の隅からじーっとのぞいていた。二人はうつむいて笑いながら、調理を続けた。

「おばあさん、あんなところにいるけど、こっちが見えてるのかしら」

「さあ、どうなんだろう。こういっちゃ何だけど、あのお歳じゃ、はっきりとは見えてないんじゃないの」

「じゃあ、何でのぞいているのかしら」

「匂いを嗅いでいるのかな」

「匂い？　やだー、カレーや焼き魚だったらわかるけど、この料理だったら、そんなに匂いなんかしないでしょう」

「いやあ、ひとつの器官の機能が衰えると、他の器官がそれを補完するっていうからね。異常に鼻が利くのかもしれないよ」

「もしそうであってもよ、他人の家をのぞくかしら」

「平気で中に入ってくるんだから、それくらい何でもないんでしょ」

彼はボウルに酢と塩、そしてオリーブオイルを入れてぐるぐるとかき混ぜていた。

「困ったわねえ」

チユキさんがもう一度窓の外を見ると、すでにおばあさんの姿はなかった。

「誰かにうちの昼ご飯を報告するのかしら」

「匂いを嗅いで、全部、献立をいい当てられたらすごいね。ものすごい才能だ」

二人は笑いながらできあがった料理を食卓に並べた。彼が道の駅で買ってきた天然酵母のパン、果汁百パーセントのオレンジジュース、水をトレイに載せて持ってきた。

「ありがとう」

チユキさんがお礼をいうと、

「どういたしまして」

と返してくれる。彼はいつもそうなのだった。

二人で向かい合って、いただきますと両手を合わせて箸《はし》を取った。チユキさんがレタスをつまんでふと庭を見ると、ご近所さんの男女三人が集まって、畑をじーっと点検しているところだった。さっきのおばあさんも交ざっていた。

「あら、またおいでになった」

「チェックしても、特に何もないんだけどな。来月になったら、キャベツ、青梗菜《チンゲンサイ》、小松菜、ネギの種を蒔くけどね」

「すごいわね。もう農業のプロみたい」

「自分たちの分だけだから、何とかなっているんだよ。セロリは育てるのが大変だからやらないし。ニンジンも諦めた。完璧《かんぺき》にできているんだったら、道の駅で買わないよ」

今年は暖冬だったので、収穫できるのもふだんより少し早かったのだそうだ。農業は自分の都合ではなく、自然を相手にするので、そちらに合わせなくてはならない。たまにここに来て手伝うくらいならできるけれども、腰を据えてやるとなったら、とてもじゃないけれど、自分はできないとチユキさんは話した。

「うーん、でもまあ、こまめに面倒を見てやれば何とかなるけどね。形が悪くても売って生活するわけじゃないから」

それを聞いたチユキさんは、ソーセージをぷちっと音をたてて嚙《か》み切って飲み込んだ後、

「何もしないで生活できるっていいわね。野菜も売らないし、仏像も売るつもりはないんでしょう」

となるべく皮肉に感じ取られないように聞いた。ここに来るたびに大小の仏像が増殖していて、一部屋は仏像のための部屋になっている。

「うん、売らない。よほどの物好きじゃないと買わないだろうし」

「このペースで仏さまが増え続けたら、人間の居場所がなくなりそうね」

「そうなったら庭に仏堂を建ててそこに移そうかな。でも下手に作って湿気を吸って黴《か》びると困るし。ちゃんと湿気対策ができるかなあ」

彼は真顔になった。

「駅前のホームセンターに行ったら、何かいいグッズが見つかるんじゃない?」

「あ、ああ……、そうだね」

　二人は大、中、小、極小、さまざまな仏像たちの行く末について話しながら、もりもりと昼ご飯を食べた。かぼちゃのポタージュがいまひとつなのは、旬《しゅん》を過ぎているからなのだと彼がいった。

「それでもちゃんと御飯が食べられるんだからありがたいよ、無職なのに。まあ貯金は徐々に減ってはいるけどね」

「そうよね。無職で借金もしないで、御飯が食べられるんだものね。ありがたいわよね」

　チユキさんも感心したようにうなずいた。

「いつまでこんな生活ができるんだろうなあ」

　彼は箸を手に持ったまま、斜め上を見ている。

「さあ、いつまでかしらね」

　チユキさんがスープを飲んでそう答えると、

「あのね、普通はそういわれたら、『ずっと続けばいいね』とか、こう、相手を励ますような言葉をいうんじゃないの」

　と彼は噴き出した。

「えっ、私、励ましたつもりだけど」

「ええっ、そうなの？　何だか突き放されたような気持ちになったけど」

「あら、ごめんなさい。そうかあ。私はあなたが今の生活を続けたいのだったら、続けて欲しいと思っているのよ。でも何年間できる、できないなんて、いえないじゃない。いつまでできるんだろうなあっていったから、いつまでかしらねって、あなたの言葉に寄り添ったつもりだったんだけど。だめだった？」

真顔で聞いてくるチユキさんを見た彼は、笑いながら、

「だめじゃないけど、ちょっとびっくりした」

といった。

「それは大変失礼いたしました。長くこの生活が続くといいですね」

チユキさんがあらためてそういうと、彼は、

「はい、ありがとうございます。そうなるように努めます」

と頭を下げた。そして二人は何事もなかったように、昼ご飯を食べ終え二人で食器を洗って、彼は仏像彫り、チユキさんは彼が古着屋で買ってきた絹の端切《はぎ》れを縫い合わせて、彼が気に入った仏像を置くための布を作る作業に入った。庭の畑でチェックをしていた三人は、いつの間にか姿を消していた。

それから何度か、道の駅で知り合った夫婦の妻のほうからメールがあった。内容は、

「今日はこんな風にいじめられた」「こんなことをいわれた」といった愚痴ばかりで、チユキさんは、

「大変ですね。あまり気にしすぎないように」

と返すしかなかった。彼にも報告しようと、仏像を彫っている背後から、

「こういうメールが来ました」

と読み上げた。なかで、家のドアの前に大きな石が三個置かれ、玄関から外に出られなかったという話には、

「石三個って何？　深い意味があるのかな」

と振り返って反応した。

「この辺りの伝説とか、石三個の祟《たた》りとかそういうのがあるのかしら。知ってる？」

チユキさんが尋ねると彼は、

「聞いたことないよ。いやだなあ、そんなの」

と顔をしかめた。

「でもちょっと調べてみるか」

と興味を示していた。

「どうやって？」

「図書館に行って郷土史を調べるとか、年長の人たちに聞くという手もあるな」

「ご近所さんにも聞いてみる？」

「うーん、それは最終手段だな。この辺りの人たちは高齢っていっても比較的若いしね。もっと年上の人に聞いたほうがいいかもしれない」

チユキさんも石三個の謎が気になって仕方がなかったが、山にいるときにはその謎が解けず、れんげ荘に帰ってきた。

そんな話をおみやげとともに聞かされたキョウコは、
といった。

「石三個、知りた〜い」

「変ですよね。でも何か謎がありそうなんですよ」

「おめでたいことなのか、呪いなのか、そのあたりもわからないわよね」

「きっと呪いですよ、わら人形と同じグループの」

「やだわ、そんなの」

「わら人形はわかりやすいですけどね。石はねえ」

チユキさんは首を傾げた後、

「あのご夫婦も大変ですよ。でもそれだけいじめられるって、もしかしたら二人にも問題があるのかなって思いはじめました。素直に周囲の人たちの話は聞くつもりだったとは、いっていましたけどね」

「本人たちはそう思っていても、お年寄りから見たら、生意気そうに見えたこともあったのかもしれないわね。こういっちゃ何だけど、ただひたすら、教えていただきたいと、下手に出る態度だったら、嫌われたりはしないと思うんだけど」

しばらくチユキさんは考えていたが、

「私と同年配の人で、いちおう、そのようにはいっていても、年齢関係なく、ちょっとでも他人から指摘されると、いい返す人がいるんですよ。年上の人にいい返すなんて、私は祖父に育てられたので、ありえないんですけれど、ほとんどの人はおじいさんやおばあさんと暮らしていないから、年配の人との接し方や敬意の払い方もわからないし、いつでも相手がどんな人でも、少しでも自分が上の立場にいたいので、何かをいわれると、すぐそれを批判するんですよね。すぐに、でも、っていいはじめるんです。いわれるばかりだといやなので、屁理屈《へりくつ》でも自分が相手にいってやりたいんでしょうね。素直に聞くっていうところがないのかなって思います。これは私の想像ですけど。あのご夫婦の生活を見ているわけではないので、あまりこういうことをいうのも、何なんですけど……」

と一気に話した。

「そうか、そういう人もいるのね」

たしかにキョウコも祖父母と一緒に暮らした経験はないが、とりあえず年長者には失礼がないようにとは考える。しかし最近は、先輩、上司にあれこれいわれるとパワハラだと訴える人もいるようだ。なかにはハラスメントといえる言動もあるのかもしれないが、キョウコが新入社員のときに、先輩や上司からいわれたことを思い出すと、今の感覚でいったら、パワハラめいた言動は山ほどあった。「こんな仕事しかできないのか」「会社に損をさせるつもりか」「もたもたしているから、他社に出し抜かれるのだ」などなど、思い出したらきりがない。もちろんむかついたけれども、いちばんに感じたのは自分のふがいなさだった。相手がどうのこうのという前に、まず自分の落ち度を考えた。しかし今は、自分がどんなに仕事ができなくても、保つべきはまず自分のプライドで、それを傷つけられたら、パワハラだと怒り出す。

たしかにキョウコも腹が立った。当時はミスをした当人一人を、別室に呼んで諭すように話なんかしてくれず、みんなが仕事をしている前で、怒鳴りつけられた。びっくりした後にくるのは、とてつもない恥ずかしさだった。顔を真っ赤にして、ただただ頭を下げて謝り続け、上司が部屋からいなくなると、それまで息をつめていた周囲

の同僚が、ささっと集まってきて、

「気にすることはないよ。次にまたがんばればいいから」

と小声で慰めてくれた。先輩も、

「大げさに怒りすぎだよな。みんな通る道だからさ、これから気をつけて」

と退社後、後輩を集めて食事をごちそうしてくれた。もちろんそういう人たちばかりではなく、キョウコが叱られているのを見て、にやにやと笑っている女性社員もいたのも事実だった。それを視界の端に感じていたキョウコは、

（くそっ。あいつら……）

と腹の中で毒を吐き、二度と奴《やつ》らにあんな顔をさせるものかと心に固く誓った。会社は不愉快な事柄のほうが多かったが、社会の勉強をさせてもらった場所と思っている。学生のときはまったくわからなかった、お金、人間関係、仕事など、毎日、びっくりしていた。しかし失敗をし、恥をかき、辛かったことをできるだけ我慢してきたからこそ、今の自分があると思う。そんな会社などあるわけがないが、ぬるま湯みたいな、みんなに親切にされて、仕事が楽で、給料がよいところに勤めていたとしたら、自分で重要な問題を解決することができなくなっていたような気がする。

マイナスな出来事があるからこそ、自分はそれを乗り越えようとする。それで人間

としてのパワーが積み重なっていくのではないか。まさにゲームと同じである。「経験値があがった」のである。もちろん意識が低い上司もいるけれど、自分がいやだと感じる理由を、都合のいいパワハラといった言葉を使って、すべて上司や同僚のせいにするのもどうなのかと思う。

「そのご夫婦がどういう仕事をしていたのかは知らないし、性格もわからないけれど、そういったタイプなのかしら」

「私も面倒くさいので、詳しくは聞いてないんですけれど、ちょっと神経質すぎるかなとは思いました。もしかしたらそういった環境だから、神経質になってしまった可能性はありますけれど」

「ご夫婦とも逆襲するようなタイプじゃないのね」

「キョウコさんは逆襲するタイプですか」

チユキさんは笑いながら聞いてきた。

「表立ってはやらないけど、裏でしっかりやり返すタイプかも」

「ええーっ、どういうふうに？」

「私たちのときは女性だけお茶くみをする習慣があったのよね。そうそう、おやじ丸出しで理不尽に怒ってきた上司に、雑巾茶《ぞうきんちゃ》を淹れたことは一度あった」

「ぎゃーっ、あははは」

　楽しそうにチユキさんは笑った。

「その人、女がおれたちの会社に入ってくるなんて信じられない。あいつらがおれたちと同等に仕事なんかできるわけがない。男のいうとおりに、黙ってコピーをとったり、茶を淹れていればいいんだ、って思っている人だったのね。自分にはものすごく自信があるけれど、周囲からは全然、人望がないタイプ。でも役員に取り入るのがうまいから、出世していくのよね。みんなに嫌われていたから、いろんなところを拭《ふ》いた雑巾で、特別にお茶を淹れてやったわ。私は一回だけだけど、何回も淹れている女性もいたわね」

「ばれました？」

「ううん、レストランに行ったときにものすごく気取って蘊蓄《うんちく》を垂れていたけど、味なんかわからないのよ。雑巾茶も、『今日のお茶はうまいな』なんていっていたから」

「やだー」

「あー、思い出した」

　れんげ荘に引っ越してから思い出しもしなかった、オレンジと茶の混じったツイードの上着に、イタリアで購入したと自慢していた、鮮やかなグリーンと黄色のチェックのネクタイを締めた、いつも男性用オーデコロンの香りは漂わせているものの、どこか不潔な雰囲気の上司の姿が鮮明に蘇《よみがえ》った。

「でも、自分が社内でいい思いをしたいものだから、そんな男にもすり寄る女がいるのよね。だからよけいにつけあがるわけ」

「えっ、どういう女の人なんですか」

「新入社員だったけれど、甘ったるい声で、『部長のご意見、すばらしいですぅ』なんていうの。みんなしらけているのに、二人だけがうれしそうにしていたけど」

「その女の人、どうなったんですか」

「もちろん愛人コース」

「あちゃー」

そしてその女性は、特に仕事の能力があるわけでもないのに、まるで自分が権力を持ったかのように傲慢《ごうまん》に振る舞い、陰でみんなから嫌われ、嗤《わら》われていた。

「そのご夫婦、本当にどうするのかしら」

あまり精神的にいい状態ではなさそうなので、キョウコも少し気になった。この歳になると若い人が苦労していると知ると、知らない人でも胸が痛むようになってきた。

「うーん、自分たちで何とかするしかないですよね。キョウコさんだったらどうしますか」

「石三個が置いてあったら、とりあえずは横に置いておいて、近所の人に会ったら、『朝、起きたら、漬け物石にちょうどいい石が、三個、置いてあったんですよ。助かっちゃいましたけど、いったいどなたが置いてくださったんですかねえ』なんていっちゃうかな」

「それはちょっと高等技術ですね。私だったら怒りが顔に出そう」

「向こうは怒らせたり、困らせたりしたいんでしょうから、気にしないでへらへらしていればいいのよ」

「そうかあ。それはいい方法かもしれないですね」

「どうせそんなことをする人たちはろくでもないんだから、まじめに相手にしないほうがいいのよ。自分たちにとって建設的なことをまじめに考えないと、そんな奴らに大切な脳みそを使うなんて、もったいない」

「たしかに」

「それでも改善しなかったら、引っ越すしかないわよね。ローンや親への見栄《みえ》で引っ越せないんだったら、我慢するしかないでしょう。何かを選択しないと何も前に進まないから」

チユキさんはキョウコの話に何度もうなずいていた。

「チユキさんだったらどうする？」

「私ですか？　石三個については画像を撮って、いちおう近所の交番に持っていきますね。いやがらせされたりいやみをいわれたりしたら、負けずにいい返すと思います。徹底抗戦ですね。山のご近所さんたちについては、私たちにとっては問題行動なのですが、いやがらせの範疇《はんちゅう》ではないのかなと。そう判断しております。また耐えられない問題が出てきた場合は、山でも徹底抗戦になるかと思いますけど、まあパートナーがいる時間が長いので二人で相談ですね」

彼女はまたうなずいた。

「話を聞いていると、山のご近所さんは罪がない感じはするわよね。でもご夫婦の周囲の人たちはちょっとひどすぎるし。我慢しないで他の場所に行けばいいのにね」

「それができないから悩むんでしょうね」

「どうして引っ越さないんだろうって思うけど。でも他人にはどうにもできないしね」

「そうですよね。私も愚痴メールに簡単に返事をするしかできないので」

二人は、それでいいよねと意見の一致を見て、胸弾ませて新しい土地に引っ越してきたのに、夢をつぶされたような形になっている夫婦は気の毒だったが、それに対応できるのは彼らしかいないので、何とか自分たちが希望している状況に近づいて欲しいと願うしかなかった。

「しばらくは山には行かないつもりです。これからは畑も特に手伝う作業もなさそうだし、彼も一人でのんびりしたいんじゃないかなって」

チユキさんは静かにいった。

「仲よくやっているんでしょう」

「ええ、でもいつも一人でいる場所に、他人がいるのって、気を遣うじゃないですか」

「だって、あなたたちは事実婚なんだから、完全に他人っていうわけじゃないでしょう」

「でもまあ基本的には他人同士なので」

チユキさんに淡々といわれて、キョウコは自分も旧態依然の感覚だったのだなと反省した。彼は彼女が来るのを、当然、いやがっているわけでもないし、一緒に家事をしたり買い物に行ったりと仲よくやっている。でももしかしたら彼は、そのときは家事も買い物も実はしたくなかったのではないかと、チユキさんはいうのだ。

「集中的に何かをやりたいときでも、せっかくだからって、私に時間を合わせてくれているのかなって」

「でも彼はそういわなかったんでしょう」

「今回は届け物という用事がありましたからね。でも三、四日がいい頃合いかなあ」

彼が帰れという目つきをするわけでもなく、いつもと変わらない様子で接してくれて、チユキさんの手伝いもしてくれる。それを彼が自分がいるために、気を遣ってくれているのではないかと、チユキさんは気にしているのだった。

「そういうふうに思っていたら、二人の仲は安泰ね。といってもお二人がどうなるかなんて大きなお世話だけど」

「いえいえ、ありがとうございます。そういっていただけてうれしいです」

以前、チユキさんは、彼は無口だが、いいたいことはきちんという人なので、自分に不満があったら、いってくれるだろうと思うとはいっていた。

「何もいわれないんだったら、問題ないんじゃない。取り越し苦労をすると、疲れちゃうわよ」

「たしかにそうですね。私も気にしすぎなのかもしれませんね」

「お互いに気遣うのはいいことですよ」

男性と暮らした経験もないくせに、偉そうな言葉を吐いたものだと、キョウコは自分でも呆れてしまった。

「はあ、それでもねえ。正直、あんなに仏像ばかりを彫って、いったいどうなるのかって心配になってきちゃって。山に行くたびに、もう彫るのは飽きているのでは、って期待しているんですけれど、ぜーんぜん、飽きていないんですよ。そんなに一生懸命になれるものですかねえ」

チユキさんはきれいな目をぱっちりと見開いて、じっとキョウコの顔を見た。

「うーん、飽きるとか飽きないとかっていう次元を超えているんじゃないのかな。彼にとっては呼吸をするみたいに、自然なんじゃないのかしら」

「あー、なるほど。誰にもいわれていない、自主的な修行のようなものでしょうか。私のような凡人にはわかりませんけど」

チユキさんはおっとりといった。

「でもそれだけ集中できるのは素晴らしいわよね。どうやったってその仏像の数を聞いたら、飽きそうな気がするもの」

「ですよね。でもそうじゃないんですよ」

「そこが彼の凡人でないところなのかも」

「そうですね。たしかに集中力はすごいです。ふつう、そんなときに邪魔をされたら、うるさいとか後でとか、いうと思うんですけど、彼は絶対にそうならないんですよ。何事もなかったように対応して、またすぐに作業に戻るんです。あれは不思議ですね」

「はあ……。いったん集中力が途切れると、元に戻すのは簡単じゃないけどね。精神力が強いのね」

「そこはいいんですけれどね。無尽蔵に仏像が増えていったらどうしようかって。庭に収納小屋……じゃなくて、仏堂を建てるといっても、数が増え続けるばかりだったら、どうしようもないですし」

彼とは「減らす」という問題については話をしていない。

「せっかく手で彫っているのに、捨てるとか減らすとか、ちょっといいにくいんですよ」

「それはそうよね。手仕事のものは趣味で作って増えていっても、捨てる気にはならないものね」

チユキさんは黙ってうなずいた。

「人にさしあげるっていうのはどうなの？」

「私もそれをいってみようかって考えているんです。それだったら納得してくれるかなと思って」

「それがいいかもしれないわね。大量にあるのだから、もらった人が喜んでくれるのだったらって、譲ってくれるかも」

「そうなったら、何百人、何千人にもらってもらわなくちゃいけないかも」

「全部処分しなくてもいいんだから」

「でも一体や二体じゃ仕方がないですよ」

「そうね、チユキさんが私とクマガイさんの分とで三体持って帰って、それとむりやりコナツさんと坊やのおもちゃにするのとで五体しか減らないんだものね」

「やだあ、むりやりはだめですよ」

　チユキさんは笑った。

「どうも、ずらーっと並んでいるのを見ているのが好きみたいなんです」

「それじゃ、五体くらい減ってもわからないかもしれないわね」

「それが、わかるんですよ。試しに一体、抜いてみたんです。数も増えたし、他の仏像との間隔も整えて、わからないようにしたつもりだったんですけれど、座って眺めていたと思ったら、首を傾げたんですよ。そして『ここにあったのどこかに持っていった?』って聞かれて。わかるのって聞いたら、『当たり前じゃないか』って。そして手渡した仏像は、ちゃんと元の場所に納めてました」

「へえ、すごい」

「一体一体、全部違うので、わかるんだそうです。ちょっと怖いんです」

チユキさんは苦笑した。

4

さわやかな気候になり、山はここよりももっと快適なはずなのに、チユキさんはずっとれんげ荘の隣の部屋にいた。彫塑《ちょうそ》モデルの仕事が相変わらずあるので、結構、忙しいのだという。キョウコは何も聞かないのに、彼女がいちいち、

「着衣です」

と断るのが面白くて笑ったら、

「えーっ、おかしいですか」

とおっとりというのだ。

「だって、美術モデルさんなんだから、裸でも自然だし、わざわざ断らなくてもいいんじゃないの。少なくとも私は、というか、クマガイさんも、もしも裸のモデルをやりますっていわれたとしても、ああそう、っていうだけで何もいわないと思うけど」

キョウコが笑っているのを見たチユキさんは、

「あー、まあそうですよね。でも私、祖父に育てられたので感覚が昭和初期っていうか、それ以前っていうか、女性は人前で肌をさらすものではないっていわれていたので。どうも露出の多い服も苦手なんですよ」

「ああ、そういえばそうね。スカートを穿《は》いたのは見たことがないし」

「制服のスカート以外、穿いたことがないんです。また、この身長なので、スカートが似合わなくて」

「そうかしら。スタイルがよくて何でも似合いそうだけど」

「きっと、スカートという形状自体が、私の雰囲気と合わないんだと思うんです。ワイドパンツみたいなものだったら、大丈夫ですけどね。だいたい美大生なんて汚れるし、肉体労働みたいなものなので、きれいな格好なんかできないんですよ」

「それじゃ、今まででいちばん肌を露出した服ってなに？」

「うーん、露出度でいうとスクール水着ですかね」

「あはは、なるほど」

スクール水着はもちろんキョウコも着た。自分も思い出してみれば、勤め人のときは一年中、季節に合わせたスーツだったし、スクール水着がいちばん肌の露出度が高い衣類だったかもしれない。

「あれを着る年頃《としごろ》は、露出っていう意識もないからねえ」

「学校からの指定で仕方なく着てましたけど、高校生にもなると、女の子たちはプライベートではビキニとか着るようになるじゃないですか。どんどん布地が少なくなっていって……」

「自ら面積が少ないものを選んでるものね。私も若い頃は海には何度かいったけど、着たのはタンキニだったなあ。どちらかっていうと日焼けしないようにしていたし。チユキさんも海に行ったりするでしょう」

「ありますけど、Tシャツにショートパンツでしたね。男性に間違えられるのがデフォルトだったから、もちろん男性からナンパなんかされないし、逆に勘違いした女の子がついてきちゃったりして、びっくりしました」

「なるほど。それはご苦労様でした」

「はい」

チユキさんは真顔でうなずいた。

美術モデルもじっとしていなくてはならないので、時給は一般的なアルバイトの倍以上で、裸体の場合はまたその倍になるそうだ。

「最近は、若い男性のモデルさんも多くなってきたんですよ。女性の場合は年齢の上限があるくらいで、それ以外は特に制限はないんですけれど、男性の場合は体脂肪率を指定される場合もあって大変そうです」

女性の場合は豊満な体型でもそれなりに需要があるが、男性の場合はそうではないらしい。

「指導する先生というか、アトリエ全体の好みもあると思うんですけどね」

「へええ」

キョウコが感心していると、チユキさんはまた、

「で、私は着衣なので」

と念を押して笑って出かけていった。

キョウコは、タンキニか、懐かしいなと、若い頃の自分の姿と共に、遊びに行った、アジアや欧米の海、ホテルのプールを思い出した。友だちと一緒でとても楽しかった

が、今、行きたいとは思わない。あれだけ休暇が取れると、何かに憑《つ》かれたように海外への飛行機に乗っていたのに、地べたと密着している今の自分。

「人って変わるのね」

当時は頭がパンクしそうになりながら必死に働き、休みはそれから逃れるように日本から離れた。そしてちょっとだけ自分の気持ちに折り合いをつけて、また頭が爆発しそうな日々に戻る。それが当たり前だったのが、本当に不思議だ。もちろん労働の対価はもらっていたけれど、

「あんなに働く必要なんてあったのか？」

といいたくなる。

実際、あれだけ身を粉にして、社員一同が必死になる必要って、あったのだろうか。大きな会社なので国や政治家とも近い位置にあったし、社員にはどうにもならない、それも相当強い上からの力が働いていたのだろう。そのなかのひとつのコマとして、キョウコは働かされていたのだ。

今のキョウコはひとつのコマでもなく、ただの一人の自分として生活している。名前が知られた大会社に勤めていたことなんてどうだっていい。勤めていたときは、それによって優遇されていた部分も、ちやほやされている部分も多々あったと思うけれ

ど、今はどうでもいい。褒《ほ》められるのならうれしいが、今の自分にはそんなところは特にないと自覚している。宮沢賢治《みやざわけんじ》のように、「ホメラレモセズ　クニモサレズ」が目標だ。

アパートを掃除するのも花を飾るのも、自分がやりたいからやっている。それによってクマガイさんやチユキさんが喜んでくれるととてもうれしい。ただそれだけだ。かわいいぶっちゃんと会えたり、見知っていてもそうでなくても、心穏やかな人たちと話ができればそれだけでうれしい。会えば人の足を引っ張ろうとしたり、人の悪口、批判ばかりする人とは話をしたいとも思わない。

キョウコの父も兄も、そういったところはなかったのに、母は他人の悪口を本当によくいう人だった。もちろんご近所の人と話しているときは、そんな態度はみじんもみせず、それどころかお世辞をよくいっていた。しかし家に入ったとたん、その人に対する、どうでもいいような部分をあげつらって、悪口をいっていた。たとえば、着ているブラウスにちゃんとアイロンがかかっていないとか、髪の毛がきれいにまとめられていないとか、金歯が目立つとか、話すときに口元がゆがむとか。それを聞かされるたびにキョウコはいやな気持ちになった。

テレビに出ている人たちに対しては、顔見知りじゃない分、ますます悪口に拍車がかかった。顔の造作、体型など、彼女の悪口の対象は様々だった。「いったい自分を何様だと思っているのか」「若い頃に比べてこんなに太って恥ずかしくないのか」「気取っていて感じが悪い」「頭が悪そう」「鼻の穴が大きい」「絶対に整形している」などなど次から次へと罵詈雑言《ばりぞうごん》がわき出てきた。

そんな母の言葉に、全く同調できない他の家族三人は、黙って聞き流していた。キョウコが子どもの頃に、

「いい加減にしてよ。もう、お母さんはうるさすぎるよ」

と耐えかねて文句をいったら、母は鬼のような形相になって、

「あんたこそ、うるさいわよ！　あんたは私に文句をいう資格なんかない！」

と怒鳴りつけられた。その表情があまりに怖かったのと、兄がとても悲しそうな顔をしていたので、それ以来、すべて聞き流すようにした。母の悪口がはじまると、兄がちらりとキョウコのほうを見て、困惑した表情で小さくため息をついていたのを覚えている。なぜ母はあんなに他人の悪口をいい続けたのだろうか。それによって自分を格上げしているつもりだったのか。たしかに他人については百万個罵《ののし》るくせに、自分は他人からひとことでも文句はいわれたくないという人だったから、他人を罵ることによって、自分が上位に立っていると勘違いしていたのだろう。そしてなぜ自分を

そんな立場に持っていきたかったのか。

キョウコは母のそんな態度がいやでたまらず、ただ嫌悪するだけだったが、この年齢になると、彼女の心理状態を知りたくなった。考えたところで、何の哲学的な啓示を受けるわけではないのだけれど、ただ単にいやだった彼女の行動が分析できればと思うようになったのだ。それによって彼女の印象はよくならないのだけれど。

自分に本当に自信のある人だったら、人を貶《おとし》めるような発言などしないだろう。他人の悪口をいわない人など、ほんの少数だと思うし、キョウコも気にくわない人に対して、陰で悪口をいってきた。しかし口を開けば悪口ばかりをいう人は、まともとは思えない。コンプレックスがあって、それの裏返しで悪口をいっていたのか。母の生い立ちや外見などを考えると、特にコンプレックスを抱いていたとも思えない。彼女のコンプレックスなど、キョウコは一度も聞いた覚えはなかったし、娘から見ても、母は性格以外、特に問題はないのではと感じていた。

終戦のとき母は小学生だったので、戦争中は子どもなりに苦労したとは思うけれども、地元では名門と呼ばれている中学、高校、短大を卒業しているし、善良を絵に描《か》いたような父と知り合って結婚した。当時の写真を見ると、スタイルがよくて美人のほうだと素直に感じる。コンプレックスなど持たなくて済む容姿だったし環境だった。

でもあの性格なのだ。母の友だちには会った記憶がないので、昔からあのような性格だったために、同性からは敬遠されていたのかもしれない。

父が亡くなってからも、生活をするには困らなかったし、活《い》け花の稽古《けいこ》もずっと続けられていた。母は幸せだったというしかない。しかし彼女は自分ではそうは感じていなかったのだろう。その理由として、キョウコが自分の思い通りにならない、だめな娘だったという事実もあるのだろうが、彼女の罵詈雑言は、だめな娘になる前からずっと続いていたので、キョウコのせいで拍車がかかったといったほうがいいだろう。

人に対して悪口をいい続けられる人。そんな自分をいやにならないのだろうか。そういった言動で他人が自分をどう感じるかを、気にしないのだろうか。

ずいぶん前に、学校の先生をしているマユちゃんに、そんな母の愚痴をいったら、

「お母さん、かまって欲しいのかな」

といわれてびっくりした。あの、人を突きとばすような罵詈雑言のせいで、甘えるという態度、言葉からはほど遠い人のように思っていたからだ。

「気を引きたいんじゃないの、そういう刺激的な発言をして」

「えーっ、そんなことってある?」

「ほら、子どもが、汚い言葉を使って喜ぶじゃない。大人たちがいやな顔をすると余

計にいったりして。あれと同じような気がするけど」

「えっ……」

「プラスの言葉より、マイナスの言葉のほうが人の気を引くじゃない。お母さんは意識的じゃなくて、無意識にそういう癖がついていたんだと思うな。きっと寂しい人だったのよ」

「でも、そういうのを聞かされたら、人が離れていくじゃない」

「そうそう、だからまたいって……」

「そして人がまた離れて……」

「それでまたいって……」

「やだー、それはいつまで経《た》っても終わりにならないじゃない」

「そう、本人が反省しなければね。でも友だちが離れていったとしても、同居している身内は最後までつき合ってくれるわけだし」

「目の前に聞いてくれる人がいる限り、永遠に続くのね」

「そう。本人が終わらせなければ、それも終わらない」

「なるほどね」

結局は自分たちに対する甘えだったのかと納得はしたが、それにしてもいったい何

をしてもらいたかったのだろう。マユちゃんは、

「お母さんは自分が周囲から孤立しているのがわかって、寂しかったんじゃないの」

「でもそのタネを蒔《ま》いたのは本人なんだけど」

「そうは思えないのが問題なのよね。こんな素敵な私をちやほやしてくれない周りの人間、思い通りにならないキョウコが悪いって」

「あー、やっぱり私なのね」

「お母さんが勝手に考えていたわけだから、あなたは気にしなくていいのよ」

「私が母にすり寄っていったとしても、やっぱり偏差値の高い学校に入ってもらいたかったんだろうな」

「それはそうよ。自分の夢と希望なんだもの、あなたがどういう態度をとろうと、自分が満足する結果じゃなければ、希望を打ち砕いた憎き娘なのよ」

「えへへへ」

キョウコは思わず笑ってしまったのだった。

マユちゃんに愚痴をいっても、母の面倒をみよう、近づいていこうといった気持ちにはならず、相変わらず兄夫婦にまかせて、ほとんどほったらかしにしていた。そして母は亡くなった。それをマユちゃんに伝えたときに、

「今までいわれたりやられたりした、お母さんの言動を気にするのはもうやめにしたら。死んじゃったんだし。あなたは立派に自活してるし。それでいいじゃない」

といわれた。

「あなた、前、話したときに、最後に笑ったでしょう。あれで、何だかほっとしたのよね。悩んでいるようでも、あなたのなかではすでにけりがついているんだなって」

「そうかな」

「これからは最高の人生じゃないの。文句をいう人はいなくなったし、完全に自由になれたじゃない。それなのにつまらない思い出を、わざわざ自分から引きずり出して、悩む必要なんかないわよ。そんなことをしたって、過去が改善されるわけじゃないんだから。私たち、先が限られてきているんだから、前を向いて楽しいことを考えたほうがいいって」

「それはそうよね」

二人はそうだそうだとうなずき合って、電話を切った。そしてその直後に、マユちゃんが勧めてくれた読書日記が、最近はおろそかになっている現実を反省したのだった。

だいたい、暇だから昔の記憶を引っ張り出して、もやもやするのだなと反省したキヨウコは、楽しかった出来事、といってもそれはすべて母抜きなのだが、それだけを思い出すようにした。しかし今から何十年も前の話よりも、ぶっちゃんの姿を思い出すほうが、何倍も楽しいし、より記憶が鮮明だった。

昔の楽しい思い出は、楽しかったという気持ちが、年を追うごとに盛《も》り気味になってしまい、実はそれほどでもなかったんじゃないかと感じたりする。とってもおいしかったお菓子、とっても楽しかった出来事、楽しかった場所。しかし大人になってから同じ物を食べても、当時とほとんど変化がないその場所に行っても、

「あれっ、こんなふうだったっけ」

と思い出のままにしておけばよかったと、がっかりする場合が多い。歳《とし》を取るごとにそれらの思い出は美化されるようだ。

しかし最近の記憶は、幸いまだ鮮明で、ぶっちゃんの愛らしさは間違いない。間違いがあろうはずがないのだ。ただ彼と出会えるかどうかは、飼い主さんの体調にかかっているので、せめてご無事でと祈る他はない。天気や気温、湿度を考え、頭にピッと感じた日の午後は、アパートの前をレレレのおばさんになって掃除がてら、ぶっちゃんのお出ましを待つ。寒いときは飼い主さんも散歩には出られないので、これから夏前の季節は絶好のチャンスだ。ネコたちも気持ちよく外に出て行きたいだろう。あ

とはキョウコの念波をぶっちゃんがキャッチし、激しく飼い主さんにアピールして、散歩に出てくれるのを期待するだけだ。キョウコはぶっちゃんの家の前で念じたいのをぐっと堪《こら》え、部屋の中で、

「お願いします、お願いします」

と念じるしかなかった。

ある日の午後、ピッときたので、ほうきを手にアパートの外に出た。チューハイの缶やビール缶が路上に捨てられていて、掃除をする理由ができたのはいいが、見知らぬ人々に、

「ご苦労様。ありがとうございます、本当にマナーが悪い人がいて困りますね」

などと労《ねぎら》われてしまった。それよりも雑談をしている間に、ぶっちゃんが通り過ぎていかないかと気が気じゃなかった。ところがキョウコが何かを感じ、掃除をしながら待っているところへ歩いてきたのは、以前、銭湯で見かけたお団子だった。

（あなたじゃない……）

がっかりして思わずうつむいた。お団子は手から提げたあづま袋の中をかきまわしながら通り過ぎていった。

（もしかして、ぶっちゃんへの念波が、どこかでねじまがって、お団子を呼び寄せて

しまったのか……)

キョウコはぎょっとしつつ、アパートの周辺をきれいにした後、いつも飼い主さんとぶっちゃんが現れる、駅の方向をじっと眺めていた。すると再びお団子が姿を現し、来た道を戻っていった。

(あなたじゃないってば……)

もうお団子の姿を見るのは十分だと思いながら、駅の方向に目をやっても、彼女のO脚気味の後ろ姿がだんだん小さくなっていくだけだった。たまにシルバーカーを押している人を見ると、はっとした。しかし飼い主さんではないし、当然、ちんまりと座ったぶっちゃんもいなかった。

キョウコはがっくりして部屋に戻った。チユキさんの部屋からは、謎《なぞ》の音楽が聞こえ、クマガイさんは不在なのか、部屋からは何の音も聞こえてこなかった。

「ふう」

ベッドの上に仰向《あおむ》けになって、じっと天井を見た。見慣れすぎるくらい見慣れた天井。いつものシミがそこここにある。しかし特に大きくなるわけでもなく、ずっと同じ大きさでそこにある。窓の外ではスズメが何羽かでやってきて、お互いに鳴き交わしている。何をいっているのだろうか。天気か御飯の心配か。あれだけどこにでもいたスズメも、数が減って将来は希少動物になる可能性があるらしい。物干し場に餌場《えさば》を作ってもいいのだけれど、万が一、外ネコがやって来ると、スズメたちがその餌になりかねない。それは避けたいので、餌場を作るのをためらってしまう。スズメにも外ネコにも来て欲しいし、友好関係を保ってもらいたい。

「高い場所に作っても、スズメを見たらネコは上っていくだろうしなあ」

キョウコにはいいアイディアが思い浮かばなかった。昔、イヌ語やネコ語の翻訳機が売られていたけれど、その鳥版を出してくれればいいのにと思った。しかし、

「この部屋のばばあ、餌もくれないのかよ」

「あの顔を見たら、くれそうもないのがわかるだろう。おまけにいつも同じ服しか着てないぜ」

「ずっと部屋にいるよ。他にやることないのかな」

などといわれていたのがわかったら、人間にいわれるよりも、ダメージが大きすぎる。鳴き声を聞いて、こちらで勝手に想像しているほうが無難なようだった。

携帯電話が鳴った。世の中の主流はスマホだろうが、ガラケーでも問題がないし、壊れているわけでもないので、キョウコは相変わらず使っている。義姉《あね》からだった。

「もしもし」

「あ、キョウコさん。カナコです。お元気ですか？」

「はい、おかげさまで。風邪《かぜ》もひいてないし、それよりもちょっと太っちゃって、そっちのほうが困ってます」

「私もそうよ。歳を取ると、そんなに食べていないのに太るのよね。どうしてでしょうね」

義姉は明るい声で笑った。

「うちにはヘルスメーターがないから、実際に、どれだけ増えているかわからないんですよ。体感で太った重さ以上に、実際は増えているんじゃないかって、ちょっと怖いんです」

「あら、うちに使わないヘルスメーターがあるから、持っていってあげましょうか」

「あっ、いえいえ、それは大丈夫です」

義姉はキョウコが少しでも困っていると、すぐに何とかしてあげようと考えてくれる。しかしそれがキョウコにとっては申し訳なく、ちょっと困る部分でもあった。

「そう？　体脂肪も計れるのよ。ずいぶん前に、パパが会社の忘年会のビンゴ大会でもらって帰ってきたんだけど、ずっと使っているもののほうが、いろいろ計れるから、それはそのましまってあるの」

「いえ、あの、大丈夫です。銭湯でも計れますから」

そういいながらも、実は銭湯では体重計に乗らなかった。一瞬、計ってみようかなと思ったのだけど、他のお客さんが見ていないふりをしつつ、実はこちらの様子をうかがっているのがわかったからだった。

「ああ、銭湯でね、大きいのがあるものね」

人のいい義姉は何も疑わずに納得してくれたが、キョウコは今、自分の体重がどれくらいなのかを、把握していなかった。そんなことはもうどうでもいいといいつつ、ちょっと前までゆるめだったパンツを穿くと、あれっと思うようになった。ウエストはまあ入るのだけれど、下腹がちょっときつい。このコットンパンツは何年も穿いているので、丈は少し縮んだかもしれないけれど、幅は少し伸びているはずだ。それが下腹部分のみ、危ない状況になっていた。たしかに下を向くと、明らかに厚みが出た気がする。

「下腹がねえ」

「私もそうなのよ。上半身はしぼむのに、下半身に肉がついちゃうのね。肉が移動するのかしら。パパはお腹《なか》が出てきたのに、お尻《しり》の肉が落ちて、カエルみたいなお尻になったって、嘆いているのよ」

義姉は楽しそうに笑った。母が亡くなってから、声が明るく元気になったような気がする。母はキョウコよりも義姉とうまくいっていたが、実は義姉は相当、我慢していたのではないか。一時、彼女が体調が悪いようだと兄もいっていたし、義姉にはどれだけ御礼《おれい》をいってもいい足りないくらい、感謝している。どんなことをしても、彼女の恩には報いられないと思う。ただひとつ、彼女が喜ぶ状況があるのはわかっていたが、それはキョウコの口からはいえなかった。だから余計に申し訳なかった。

「ところでどうかしら、キョウコさん。考えておいてくれた？　気持ちは変わったかしら」

義姉が少し落ち着いた声でいった。

「ああ、はい……」

ずるずると返事を引き延ばしているうちに、兄夫婦は諦《あきら》めてくれるのではないかと期待していたが、そうではなかった。母が亡くなってからは特に、じわりじわりと包囲網が縮まっている感じだった。

「家を改装することになったの。前にもお話ししたけれど……、考えてもらえたかしら。キョウコさんの意向も汲《く》んで、部屋を作りたいと思うのだけど」

「私のことは気にしないで、お義姉《ねえ》さんたちで好きなようにやってもらって、本当にかまわないんです。だってケイくんやレイナちゃんもいるじゃないですか」

「あの子たちには、自活しろといってあるの。幸い、二人とも自分の力で何とかやっているし。ケイはマンションを買ったのよ。レイナは東京を離れて地方で仕事をして、そこで落ち着きたいみたいなの。だからこの家は年寄り三人のものなの」

「いいえ、それはお二人のもので、私のものでは……」

「だって、ここで育ったんでしょう。キョウコさんとも無関係じゃないわ」

「それはそうなんですけど……」

「住む権利はあるんだから、もっと堂々と自分の意見をいってもらっていいのよ。お義母《かあ》さんがいるときは、そういうわけにはいかなかったと思うけど……」

義姉の声はだんだん小さくなった。

「お義姉さん、これまで本当にありがとう。私が何もしない分、全部、お義姉さんにやらせてしまって。申し訳ないと思っています」

キョウコが心からまじめに礼をいうと、しばらく義姉は黙っていたが、

「それだったら、ねっ、一緒に住みましょうよ、ここで」

と急に明るい声でいった。やっぱりそういうふうに出てきたか、やられたとキョウコは思った。

「それがねえ、はい、そうですかっていえないところが……」

「そこなのね。どうしてなのかなって、私は思うのだけど。キョウコさんにも考えはあると思うけど……。そのお部屋がキョウコさんにとって、とても快適なのはわかるのね。でも一生、そこに住むわけにはいかないでしょう」

いいえ、建物が崩れたのなら別ですが、もしそうなったとしても、また別の場所で似たような部屋を探すと思いますとは、善良な義姉に向かっていえず、

「そうですねえ」

と言葉を濁した。

「ずいぶん前から堂々巡りなのよね」

「すみません」

「考えは変わらないのかな」

「そうですね。まだ……、難しいかもしれません」

「わかりました。でも何か希望があったらいってね。収納やベッドは作り付けにして欲しいとか……」

「しいていえば、ネコがいっぱい来てくれるとうれしいですね」

庭にやってくる生き物をすべて追い払っていた母の姿が浮かんできた。

「ネコ、あ、そうそう、不思議なんだけど、お義母さんが亡くなってから、庭に鳥がたくさん来るようになったの。そしてね、母ネコが子ネコを二匹連れて、来るようになったのよ」

「ええっ」

思わずキョウコの声が大きくなった。家から発せられる悪の気がなくなったからだろうか。

「みんなとっても懐いていい子たちなの。鳥もね、お米とか雑穀をあげるようにしたら、毎朝、木に留まって待っているのよ。だんだん数も増えてきてね。お友だちを呼んだのかしら。小さな水入れとお義母さんが活け花のときに使っていた、高さのある水盆を水浴び用に置いているの。スズメが順番待ちして、水浴びしているのよ。ネコちゃんたちはね、もしかしたら飼い主さんがいるかもしれないし、あんまり御飯をあげすぎてもいけないねって、パパとも相談しているんだけど、もう、とってもかわいいの。パパも張り切って、庭に段ボールハウスを作っちゃって。中にタオルを敷いて、おもちゃも入れてあげて、お休み処《どころ》が完璧《かんぺき》なのよ。戸を開けておくと、部屋の中にも入ってくるし、みんなで尻尾《しっぽ》をぴんって立てて、まるで探検しているみたいなの。もう隅から隅まで歩いていくのよ」

キョウコはすぐにでも見に行きたい気持ちをぐっとこらえ、

「それはかわいいですねえ、いいですねえ」

というにとどめておいた。

「キョウコさんも見にきて。本当にかわいいんだから。子ネコもね、勝手にうちで名前をつけちゃったんだけど、お母さんは茶トラだから、トラコさん、白と茶のぶちの子が、チャコちゃん、茶と灰色が混じった子がグウちゃんっていうの。考えてみたら名前のつけ方が適当で、ネコちゃんたちがかわいそうよね。うふふ」

義姉の声は弾んでいた。庭木に鳥が餌を食べに集って来て、ネコが子連れで遊びに来るなんて、どんなに楽しいだろう。キョウコは、いいですねえ、いいですねえと何度も繰り返しながら、すぐにでもとんでいって、その光景を見たい気持ちを押し殺していた。

「ね、ちょっとだけ見に来れば？　ネコちゃんたちは雨が降る前には必ず来るんだけど、それもいつって約束できないしねえ」

（ぐうう……）

キョウコは思わず耳に当てた携帯を握りしめていた。こんなに辛《つら》い我慢があるだろうか。義姉はこれでキョウコを呼び寄せようなどとは、考えていないはずなのだ。無邪気に鳥とネコたちをかわいいと思っているだけだろう。しかし兄夫婦の家に足を踏み入れたとたん、同居への説得の嵐《あらし》になるのは間違いない。キョウコは身もだえしながら、

「あのう、そのネコちゃん一家の画像を送ってもらえませんか」

と小声で頼むのが精一杯だった。

5

義姉からはすぐにネコたちの画像が送られてきた。お母さんのトラコさんは目がぱっちりとした美形で、かわいい子ネコたちは興味津々でレンズをのぞきこんでいる。グウちゃんはスマホを触ろうとしているのか右手を上げている。

「ああっ」

キョウコは妙なため息をついてしまった。ぶっちゃんのように、ぶーっとした子も

かわいいが、明らかにかわいい子もかわいい。つまりどんな子でもみんなかわいいのである。

「茶色とグレーが混ざっていて、グレーの色合いが強いからグウちゃんなのね。お父さんはグレーと白の柄なのかなあ」

キョウコは見たこともない、トラコさんのお相手まで想像して、にたにたしていた。こんなかわいい子たちと関《かか》わり合える兄夫婦がうらやましかった。もちろん彼らはそんな人たちではないが、ネコをだしにして懐柔されるのは避けたい。でもネコは見たい、触りたい。どうしようかな、もうちょっと時間をおいてから、ちょこっと顔を出せばいいかななどと考えていたら、三日後の夜、再び義姉から電話がかかってきた。

「ネコちゃんたちは元気ですか?」

「元気よ、元気すぎて困っちゃうくらい。御飯もね、お腹がはちきれそうになるまで食べるの。かわいいんだけど、それまでろくに御飯も食べられなかったのかと思うと、かわいそうでねえ。パパなんか毎日、魚屋さんで高いお刺身を買ってきて、『今まで大変だったんだから、たくさん食べろ』って、あげちゃうの。それもあっという間に無くなるのよ」

困ったふうにはいいながら、義姉の声もうれしそうだ。

「よかった。ネコちゃんたちもいっぱい御飯をもらえるようになって」

キョウコがつぶやくと、

「おネコさま御一行がいらしたから、エンゲル係数が上がっちゃって」

と彼女は笑った。兄夫婦も家族が増えてうれしいに違いない。よかった、よかったと思っていたら、

「あのね、キョウコさんに謝らなくちゃならないの」

と声のトーンが静かに変わった。

「えっ、何ですか」

キョウコが彼らに謝らなくてはならないことはたくさんあるが、彼らが自分に謝ることなんて何ひとつないはずなのだ。

「キョウコさんのために用意していた部屋なんだけど」

「はい」

「それがねえ、ネコちゃん部屋になっちゃったの」

「は？」

兄夫婦は、御一行様は庭の段ボールハウスで生活をして、たまに家の中に入ってくるのかと思っていたら、室内のほうが安全で快適とわかったらしく、まったく外に出

なくなってしまった。かといって再び外に追い出すわけにもいかず、いったいどうするつもりかと、兄夫婦がネコたちの後をくっついて観察していたら、トラコさんが家中を点検した結果、キョウコ用の部屋を居場所と決めたらしく、横座りをして動かなくなったというのだった。

「パパが、『こっちにしたらどうかな』って、少し狭い二階の子ども部屋や、納戸に連れていったんだけど、いやがってまた戻ってきちゃうの。大の字になって寝ているし、『私たちは決めましたから』っていう態度なのよ。ごめんなさいね。どうしましょう」

どうしましょうっていわれてもと、キョウコはつい笑ってしまった。

「おネコさま一家に譲りますよ。きっと居心地がいいんでしょうね」

「ごめんなさいね。どうしましょう。二階の子ども部屋を二部屋ぶち抜けば、広くなるとは思うんだけど」

「いいです、いいです、そこまでしていただかなくても。万が一、お世話になるようであれば、おネコさまのお部屋の隅に間借りしますから」

「本当にごめんなさいね。パパがキャットタワーとか、ネコベッドとか、いろいろと買ってきて、だんだんネコ仕様になっちゃってるの。自分の買ってきたものを使ってくれると、うれしいらしくて、ネコちゃんたちの画像をスマホで撮りまくったりして。まるで孫が生まれたみたいなの。困ったものだわ、ふふふ」

　義姉の口ぶりからも、実は彼女もあまり困っていないような気がした。ただまじめな人なので、声をかけた手前、申し訳ないと思っているのだ。

「ネコのお母さんと子ネコが幸せになってよかったです」

「邪険にはできないから。朝は子ネコたちの運動会で起こされるし、御飯を作っていると足元にまとわりついて、大声で鳴いて大変なの。パパがおもちゃを使って気を引いて移動させるんだけど、遊びながら、ちらちら私のほうを見るのよね。それで御飯をあげるとものすごい勢いで食べて、お腹がいっぱいになると、床に座っているパパの膝《ひざ》の上に乗って甘えるの。パパは『ほらー、見て見て』って大喜びして私を呼ぶんだけど、完全にネコたちにやられているのよね。ネコのほうが何枚も上手ね」

「もう下僕ですね」

「そう、完全にそう」

　義姉はきっぱりといい切った。

「でも刺激があって、いいんじゃないのかな」

「夫婦二人になって、毎日、惰性で生きている感じだったからねえ。パパは家族が増えたから、これからがんばって働かなくちゃなんていいはじめて。毎日、高いお刺身を買われたら、家計が大変だしねえ」

「動物を飼うのって、お金がかかりますからね」

「これからみんなを動物病院に連れていって、手術もしないといけないでしょう。毎月の御飯代だって、まとまったら結構な額になるし」

「トラコさんたちは幸せですよ」

「だといいんだけど」

彼女はため息をついた後、思い出したように、

「本当にごめんなさいね。キョウコさんに来てもらえるように考えるから」

とまた謝った。

「いいえ、どうぞネコちゃんが喜ぶようなお部屋にしてあげてください」

「本当にごめんなさいね」

彼女は恐縮して電話を切った。キョウコは、これで安心して実家に行けるようになったと、ふっと息を吐いた。

母ネコがのんびりと部屋で寝転び、子ネコたちが元気に家の中を走り回っているなんて、それ以上の幸せな光景があるかと、想像するだけでキョウコの顔がほころんだ。

人のいい兄夫婦が、ネコを強く叱《しか》ることもできず、翻弄《ほんろう》されてあたふたしているのが目に浮かぶ。彼らがネコたちを溺愛《できあい》するのは容易に想像できた。

「お兄さんもネコたちが来てくれて、生活に張りができてよかったわね」

あれだけ兄夫婦に心配をかけていながら、自分は何も彼らにお返しできていないのを思い出し、偉そうにつぶやいてしまったのを、キョウコは反省した。

「ぶっちゃん、どうしてるかな」

あの子のことだから、元気でいるとは思うが、やはり会えないのは寂しい。そうはいってもしょせんは他人様《ひとさま》の飼いネコである。しかし兄夫婦のところのネコたちは、いちおう飼い主とは血縁があるので、身内といってもいい。

「触りたいなあ」

ぶっちゃんは体がどっしりとしているが、トラコさんやチャコちゃん、グウちゃんは、柔らかくてふわふわなのではないだろうか。義姉が送ってくれた画像を見ながら、また、

「ふふふ」

と笑った。いくら見ても見飽きない。これが自分の目の前でかわいいしぐさをし、かわいい声で鳴いたりしたら、どんなにいいだろう。

「実家には私の部屋もなくなったことだし、顔を出してみようかな」

毎日、何の用事もないので、いつでも行ける準備は整っていた。すぐに行くのもなんだし、かといって時間をおくと子ネコはすぐに大きくなってしまう。子ネコにしかない、あのかわいさを堪能《たんのう》するには、やはり早いほうがいい。

キョウコは電話があった夜から、

「いつ、行こうかなあ」

と胸が弾んだ。翌日、買い物に行っていても、目の前の野菜を見ているのに、ネコたちの画像のほうが強く目の前に浮かんでしまうほどだった。義姉はほとんど家にいるけれど、兄もいる日のほうがいいのではないかと考え、電話をかけて確認すると、ちょうど明日は兄が半休を取ったので、午後から家にいるという。

「半休って、何かあったんですか」

キョウコが心配になって聞くと、

「違うのよ、少しでもネコたちと遊びたいから、休むだけなのよ。もういやになっちゃうわよねえ」

義姉は笑っていた。そうか、そこまでになっているのかと、キョウコは驚いた。たしかに兄は心優しい人だけれど、そこまでとは思っていなかった。お互いに都合がいいので、急遽《きゅうきょ》、明日実家に行くことになった。

「パパも家で昼ご飯を食べてもらうようにするから、キョウコさんも一緒に食べましょう。ねっ、久しぶりだもの」

義姉は明るい声で誘ってくれた。正直、月末に近づいていて懐《ふところ》具合も厳しくなっているので、食事をさせていただけるのはうれしい。

「わかりました。それでは明日、楽しみにうかがいます」

「はーい、どうぞ。楽しみにしていますね」

義姉がとても喜んでくれているのが、キョウコにはうれしかった。彼女にはいつも心配ばかりかけている。キョウコの考えを尊重しつつ、兄と共に妻としての自分の希望を押しつけがましくなく提案してくれるのは、本当に申し訳なかった。彼らは自分に非難めいた言葉を一度も吐かなかった。キョウコの立場を尊重しつつ心配してくれて、彼らが考えるよりよい生活ができるように気遣ってくれていた。なんでも「はい」と返事ができるのならいいけれども、生きていくうえでは「いいえ」をいい続けなければならないときもある。否定的な言葉をいうときは、誰でもちょっと心が痛む。相手も傷つけてしまうだろう。それでも彼らは根気強く、キョウコを気に掛けてくれているのだ。

でも今回、彼らの関心がおネコさまたちに移って、キョウコがほっとしたのは事実である。帰りたくても部屋がないのだから仕方がない。もしもキョウコが一緒に住みたいといったら、二階の部屋をぶち抜いてくれるだろうけれど、それはキョウコが望んでいないので、ありえない。今後、また別に展開が起こるかもしれないが、安心して実家に行けるのはとても喜ばしい。よくぞ子ネコを連れて来てくれたと、トラコさんに御礼をいいたくなった。

翌日、値の張るおみやげは持っていけないけれど、顔なじみの生花店で芍薬《しゃくやく》を一本と、スーパーマーケットで、ネコちゃんたちに大人気と聞いたスティック状のおやつを買って、兄夫婦が住む実家に行った。インターフォンを押すと、

「はあい」

といつものように元気で明るい義姉の声がした。しばらくするとドアがゆっくりと開き、

「どうぞ、みんな待ってますよ」

と出迎えてくれた。玄関の中に入ると柵《さく》がこしらえてあった。

「とにかくものすごいスピードで走り回るから、ドアを開けたとたんに勢いで外に飛び出しちゃうんじゃないかと心配になって、パパが作ってくれたの」

「もともと外にいた子たちですものね」

「そうなのよ。あっ、来た来た」

振り返った義姉の視線を追うと、トラコさんが顔を半分だけ出して、柵の向こう側の居間のドアからキョウコをじっと見ていた。

「トラコさん、こんにちは」

キョウコが笑顔で声をかけると、トラコさんはさっと姿を消した。あら、いっちゃったと思ったら、すぐに戻ってきてまた顔を半分だけ隠して、さっきと同じ表情でキョウコをじっと見ている。

「ちゃんとご挨拶《あいさつ》してちょうだい。あなたたちのお姉さんなんだから」

そうか私はトラコさん一家のお姉さんにあたるのかと思いながら、義姉に案内されて居間に入った。

「こんにちは」

「おう」

兄と妹はちょっとぶっきらぼうに挨拶を交わした。

「賑《にぎ》やかになったわねえ」

「そうなんだよ。急に。こんなことになるなんて思っていなかったからさ、毎日大変なんだよ」

床に座り込んだ兄は、実はちっとも大変ではなさそうに、何かを作っていた。トラコさんと子ネコたちの姿はない。

「芍薬は華やかでいいわ。どうもありがとう」

義姉が花瓶に芍薬を活けて、父の代からあるキャビネットの上に置いた。

「ネコちゃんたちに、おやつもいただいたのよ」

彼女が袋を見せると、彼は、

「ああ、ありがとう。これ大好きなんだよね。どうしてなんだろう。なかに何が入ってるのか不思議だよね」

といいながらも手を止めようとはしない。彼の周囲には、先が焼けたりして黒く変色した菜箸と、たこ糸、端切《はぎ》れが置いてある。彼は菜箸の上部に空いている穴に、たこ糸を通している。それは何なのかとたずねたキョウコの背後で、義姉がふふっと笑ったのが聞こえた。

「これはね、ネコさんたちのおもちゃ」

兄は作業の手元に視線を落としながらそう答えた。

「おもちゃ？」

「そう。ネコじゃらしも好きなんだけど、結局、これがいちばん好きみたいなんだよ。今日、会社の帰りに百均に寄ってたこ糸を買ってきたんだ」

「その端切れはね、大昔にレイナに夏服を縫ったときの余りなの。押し入れを探したら出てきて。菜箸も使えないものだし、廃物利用なのよ」

義姉が教えてくれた。幅二センチ、長さ八センチほどの帯状の布を二、三枚重ね、それを六十センチほどの長さのたこ糸の中央にくくりつけて縛る。あとはその糸を菜箸の穴に通して結び目を作って抜けないようにすれば、自作のネコじゃらしができあがるのだった。菜箸は三セットあるので、六本のネコじゃらしができるらしい。

キョウコはネコじゃらしのできあがりが気になりながらも、おネコさまたちは、いったいどこにいったのだろうかと、室内を目で探していた。

「どこにいっちゃったのかしら」

義姉も中腰になって、家具の下をのぞきこんでいる。

「さっきまで、トラコさんはそこいらへんにいたけどね」

「そうなのよ、キョウコさんが来たときに、ちょっとだけ顔を出していたんだけど。あっという間に行方不明になっちゃったわねえ」

義姉はキッチンに入っていき、キョウコに麦茶を持ってきてくれた。そして再び居

間の外に出て、廊下を歩いていったかと思うと、

「あら、そんなところにいたの？　こっちにいらっしゃい。お姉さんが来ているわよ」

と彼女の声が聞こえた。

「おやつをいただいたのよ。おやつ食べよう、ね、おやつね」

そのとたん、キョウコの耳に、どどどどという音が聞こえてきた。びっくりしていると、トラコさんを先頭に、子ネコ二匹がものすごい勢いで居間に飛び込んで来た。トラコさんは居間のソファの上にジャンプして飛び乗ったかと思ったらすぐに飛び降り、

「わあああ、うわあああ」

と鳴きながら、居間をぐるぐると走り回った。子ネコ二匹はお母さんの後を必死に追いかけている。あまりのスピードにキョウコがあっけにとられていると、トラコさんが今度はキャビネットの上に飛び乗った。と思ったら、体に当たった花瓶が、芍薬と共に音をたてて床に落ちた。

「ああっ」

音と声にびっくりしたトラコさんは、再びキャビネットから飛び降りて、廊下に走

り出て、

「わあああ、うわあああ」

と大声で鳴いた。キョウコが急いで花瓶を取り上げると、廊下から子ネコ二匹も、

「みゃあああ、みゃあああ」

とかわいい声で口々に鳴いているのが聞こえてきた。

「いつもね、こんなふうなんだよ」

兄は淡々といった。

「あらー」

幸い花瓶にも芍薬にも影響はなく、雑巾《ぞうきん》で床を拭《ふ》き、水を足した花瓶を床に置いた。

「わかった、わかったっていったでしょ。待っててちょうだい。いたたたた」

おやつを手にして歩いてきた義姉の足にたかるようにして、おネコさまたちがやってきた。「かわいい」よりも、「元気」という言葉しか出てこない。

「はい、キョウコさんもどうぞ」

義姉から封をきったおやつのスティックを渡されたとたん、チャコちゃんが飛びついてきた。

「はいはい、どうぞ」

ふがふがいいながら、キョウコが絞り出すスティックから出てくるおやつを、必死の形相で舐《な》めている。両手でトラコさんとグウちゃんを相手にしている義姉は、

「そんなにあわてなくても大丈夫だから。こらこら、人のを横取りしないの。同じものだから、ねっ」

ネコたちの勢いはすごかった。まるで今まで何も食べておりませんといった体なのだ。しばらく大騒ぎが続き、おネコさまたちがおやつを食べ終わると、静寂がやってきた。手で顔をなで回し、みんなうれしそうな顔をしている。なでる手も右、左、それぞれ個性があって面白い。

「はあ、嵐は去りました」

義姉は床にへたりこんでいた。

「あのう、トラコさんが花瓶を落としたのでここに……」

「ありがとう、私が上に置いたのがいけなかったのね。お花、大丈夫だったかしら」

「大丈夫でした。水がこぼれたくらいで」

「せっかく持ってきてもらったのに、ごめんなさいね」

しばらく義姉も放心状態だったが、

「さて、御飯の用意をしなくちゃね」

と立ち上がった。満足したのか、おネコさまたちはしばらくそこでくつろいでいたが、キョウコがおいでと手を出しても、まるで彼女がそこにいないかのように無視して、居間を出ていってしまった。

「こら、ちゃんとご挨拶しないとだめでしょう。トラコさん」

兄がトラコさんに声をかけたが、御一行様は知らんぷりをして行ってしまった。

「ネコってああいうものよね」

「イヌとは違うよね。イヌの元気のよさはわかっているつもりだったけど、イヌは空中を飛ばないじゃない。ネコって空中戦をするから、相手をするのは大変だよ。この間なんか、そこの棚の上から背中に飛びつかれちゃって、びっくりしたよ」

そうはいいながらも、楽しそうな兄なのだった。

キョウコが昼食の支度を手伝うといっても、義姉からは、

「ほとんどできあがっていて、あとはオーブンから出すだけだから、座って待ってて」

といわれた。

「用事があったら呼んでください」

そういって自分の部屋になるはずだった、おネコさまたちの部屋をそっとのぞくと、

たしか母が、シルクの段通《だんつう》だと自慢していたマットの上でトラコさんが横になり、そのお腹のところに、チャコちゃんとグウちゃんが、ころりと寝てうとうとしていた。

（かわいすぎる）

この子たちにならば、自分の部屋を取られてもかまわない。そして明らかにそこはキョウコの部屋ではなくなっていた。兄が買ってきた天井まである巨大なキャットタワーが設《しつら》えてあり、他にも形や素材が違うネコベッドが三つ、食事用のトレイも三つ並べてあり、それぞれに水入れと御飯入れがある。トイレも大きいものと小さいものが二つ。おもちゃが入った箱も置いてあった。そこに兄が作っている、廃物利用のおもちゃも加わるのだろう。立派なおネコさま一家の部屋になっていた。キョウコは声もかけず、遠くからじっと見ていた。そしてそれに気がついたトラコさんは、横になった姿のまま、ぱっちりした目でじーっとキョウコを見つめていた。

料理の手伝いはできないまでも、お皿くらいは並べようと、義姉のところに行くと、すでにテーブルセッティングは終わっていた。

「ネコちゃんたち、どうしてた？」

「三人で横になってのんびりしてました」

「そう、お腹いっぱいになったのかな。もうちょっと愛想よくしてくれればいいのにねえ。せっかく来てくれたのに」

　そこへ兄が、

「ああ、やっとできた。これでよし」

と両手で六本のネコじゃらしを振ってみせた。

「なかなかこういった素朴なものは売ってないんだよ」

　兄はずーっとネコじゃらしを振っている。

「おもちゃの箱、見た？」

　義姉がキョウコを見た。

「たくさん入っていましたね」

「そうなの。でもね、最初は遊んでいてもだんだん飽きてきて、遊ぶのは黄色のネコじゃらしとボールだけだったの。なのにパパが作ったネコじゃらしで遊ばせてみたら、もう大喜びしちゃって。安いおもちゃでも、まとまると結構な金額になるのよね。捨てるのももったいないから取ってあるの」

　彼女は夫が振っているネコじゃらしを見ながら、

「喜ぶといいわね」

と兄の労力をいたわるふうでもなく、淡々といった。

「喜ぶに決まってるじゃない」

兄は自信満々だった。

義姉手作りの、アボカドとエビ、レタス、ルッコラのサラダ、豚肉の生姜《しょうが》焼きにマッシュポテト、マカロニグラタンといった料理が並んだ。そのとたん、おネコさま御一行は早足で姿を現し、明らかに鼻の穴を開いたり閉じたりしながら、テーブルを見上げた。

「何ですか、それ、ものすごーくいい匂《にお》いがするんですけど。何ですか、何ですか、私、知らないんですけど」

とトラコさんは必死になっていた。それを見た子ネコたちも、わあわあと声を揃《そろ》えて鳴いている。

「あらー、どこに隠れていたの？」

義姉が声をかけると、顔を見上げて親子揃って大きな口を開けて、わあわあと鳴き続けた。

「あなたたちが食べられるものはないわよ」

テーブルの上を気にしている、真剣な御一行様の視線を感じた義姉が、

「本当にあなたたちが食べられるものはないのよ。あ、そうだ。ささみがあるから、

あれをちょっと茹《ゆ》でてあげましょうか」

　とキッチンに入ると、トラコさんがものすごい勢いで彼女の後を追いかけて行った。もちろん時間差で子ネコたちも走って行った。

「はいはい、わかったからね、ちょっと静かに、わかりましたよ。あーっ、こらー」

　義姉の声を聞いて、キョウコがキッチンをのぞくと、トラコさんが立ち上がって、彼女の右足に抱きついていた。

「ほーらー、だめだってば」

　調理台やコンロの前を、彼女はトラコさんを引きずりながら移動していた。そこから少し離れて、子ネコたちはきちんと横並びになって、わあわあ鳴き続けていた。

「これはいいぞ」

　いつの間にか兄もやってきて、スマホで動画を撮影していた。

「やだ、撮らないでよ」

　右足へのタックルを放してくれないトラコさんを、ずっと引きずりながら、義姉は苦笑いをしていた。

「パパ、器」

　兄がすばやくネコ用の食器を持ってきて、そこへ茹であがったばかりのささみを入れてやると、やっとトラコさんは義姉の足から手を放し、今度は兄に飛びつこうとした。

「はい、お待ちどおさま」

食器を床に置くか置かないかのタイミングで、おネコさまたちは首をつっこんでいた。うにゃうにゃ鳴きながら、一生懸命に食べている。

「はあ」

やっと食卓に着席した三人は同時に息を吐いた。そして顔を見合わせて笑った。

「おいしい？」

義姉が聞くと、トラコさんが顔をふっと上げて、こちらに向かって、

「にゃあ」

とてもかわいい声で鳴いた。

「ほほほ～」

「まあ～」

兄夫婦がうれしそうな声を出した。

「トラコさんは賢いんだよ。こっちがいっていることが何でもわかるんだ」

兄が自慢した。

「本当にそうね。お利口さんなのよ」

義姉も手放しでトラコさんを褒めていた。そしてそのトラコさんのいうことをきく、グウちゃんもチャコちゃんもお利口さんという結論だった。

「さあ、私たちもいただきましょうか」

人間三人も食事をはじめた。いつもながら義姉の料理は本当においしい。またキョウコが同じものを作っても、見た目が違うのだ。その理由を聞いたら、それぞれの食材を料理に見合うような切り方にし、そして同じ食材は大きさを揃えて切ったらどうかといわれて、なるほどと感心した。実際、キョウコはどうせお腹に入れば同じだからと、あまり食材の切り方は気にしていなかった。たしかにニンジンも輪切りにするのと斜め切りにするのとでは、形状が違う。皿にデザインをすると思って盛り付けを考えると、それは大きなポイントになる。そういうことも考えなくてはいけないなあと、五十を過ぎてふと思う自分が情けなくもあった。

三人でああだこうだと話をしていると、キョウコは視線を感じた。兄夫婦も同じように感じたようで、三人は黙って視線を感じたほうにふっと目をやった。そこにはソファの背もたれの幅の狭い部分に立ち上がり、じっとこちらを見ているトラコさんの姿があった。

「あっ、立ってる」

　義姉がつぶやいた。そしてその両脇《わき》には同じように三人を凝視している子ネコたち。兄は箸をテーブルの上に置いて、いそいでスマホで撮影の準備である。食事をしている三人の状況がいちばんよく見えるように、トラコさんはソファの上を選び、そして立ち上がったのだった。角度的にも高さ的にもテーブルの上をのぞくには、いちばんの特等席だった。

「よくわかったわねえ」

　キョウコも感心した。人間三人が、ああだこうだといっているのを、トラコさんはじっと聞いていた。そして小さい声で、「にゃあ」と鳴いた。

「トラコさんがお利口さんだって、褒めたんだよ」

　兄が声をかけると、トラコさんは目をぱちぱちさせながら、かわいい小さな声で、「みゃあ」と鳴いた。

「本当にかわいいわねえ」

　義姉は目を細めている。兄は料理を全部食べたあと、自信作の手作りおもちゃを手にネコたちに近づいていき、目の前で揺らした。そのとたんネコたちの目の色が変わり、興奮して飛びつきはじめた。

「ほーら、ほらほら」

ものすごい勢いでネコたちは飛び跳ね、両手で布をつかまえて噛《か》みつき、それが口から離れるとまたジャンプしてつかまえようとする。

「あははは、ほら、こっちこっち」

兄の周りで、ネコたちはぴょんぴょん飛び跳ねている。そのうち兄も跳びはじめた。

「とてもじゃないけど、子どもたちには見せられないわね。アキレス腱《けん》を切ったりしないか心配になっちゃうわ」

義姉が小声でいった。キョウコはふふふと笑いながら、またここにもネコにやられた人間が二人いるとうれしくなった。

6

れんげ荘の部屋に戻ってきたら静寂が待っていた。実家を出る頃には、トラコさんも慣れて、キョウコに体を撫《な》でさせてくれるようになった。それを見たチャコちゃんやグウちゃんが、「お母さんが心を許しているみたいだから、いいのかな」といった感じで、じゃれついてくれるようにもなった。義姉が、晩ご飯用にとお弁当まで作ってくれたので、それとおネコさまたちの触感と共に帰ってきたのだった。

「ふう」

あまりに実家でのテンションが上がっていたので、帰ったとたんに脱力してしまった。私の部屋には何もないと思った。キョウコは手のひらを上にして、じっと両手を眺めながら、トラコさんの柔らかい体つきや、子ネコたちの絹糸のような柔らかい手触りを、じっと思い出していた。くんくんと匂いを嗅《か》いでみたりもした。特に匂いはしなかったので、いつものように手を洗い、うがいを済ませた。

「ふう」

ベッドに座って、またため息をついたので、おかしくなって笑った。ぶっちゃんともなかなか会えない日が続いていたところへ、想像もしていなかったおネコさま御一行の登場。誰の目も気にせずに出入りできるところに、ネコたちはいる。でも、ぶっちゃんもかわいい。比較などできない。あまりに実家のネコたちをかわいがっていると、ぶっちゃんに申し訳がないけれど、偶然の出会いを待っている他人様の飼いネコの彼よりも、気楽に行けるようになった実家にいるネコたちのほうが、より身近になったのは間違いない。

　しかしこの部屋にはネコはいない。いるのは自分だけである。兄夫婦とおネコさま御一行の騒動が嘘《うそ》のような静けさだ。それでもネコたちだけではなく、これまでの自分の胸をわくわくさせた楽しかった事柄を思い出すだけで、幸せな気持ちになれるのは得な性格だとキョウコは思った。自分の頭の中だけで楽しめるのだから、お金を使う必要もない。昔は相当に散財したが、実は自分はとても安上がりな質《たち》なのがわかった。亡くなった母は、キョウコの生活を見て、

「あんな汚い部屋で我慢できるわけがない。すぐに戻ってくる」

　と思っていたのに違いない。彼女の予想は覆り、尻尾を巻いて帰ってくるどころか、楽しく暮らしているのは、腹立たしかっただろう。

「それにしても、お兄さん、大丈夫かしら」

　彼の姿を何度も思い出しては、笑いがこみ上げてきた。幼い頃からまじめで優等生で大きな声をあげたことなどない彼が、子ネコ相手におもちゃを手作りして、「ひゃあー」「おおーっ」「やったあー」「すごーい」などと歓声を上げながら相手をしているのを見て、彼にもこんな一面があったのかと新鮮だった。おまけに三匹のネコたちの運動量につられて、家の中を走り回っているので、彼の体のためにはいいかもしれ

ない。兄の体に新たなスイッチが入ったような気がした。

兄夫婦にも会話が増えるだろうし、「子はかすがい」ではなく、「ネコはかすがい」だ。前に飼っていたイヌが亡くなってから、兄夫婦はとても悲しんで、動物を飼おうとはしなかった。しかし今回は向こうからやってきたというか、押し入ってきたのである。母が生きていたら、完全排除になっただろうが、あの善良な兄夫婦が子連れのネコを追い返すなど、絶対にできるわけがない。

動物はそのあたりには勘が働くらしく、

「こいつは大丈夫」

とわかると、ぐいぐいと突っ込んできて、結局、気がつくと彼らの思い通りにしている。そして人間は、仕方がないといいながら、彼らが暮らしやすいように、環境を整えてやるのだ。おネコさま御一行は、母がいなくなるのを見計らって、神様から遣わされたとしか思えなかった。動物に興味のない人は、そんなことがあるわけないと、鼻で笑うだろうが、キョウコは唐突に姿を現したおネコさま御一行に関しては、きっとそうだと自信を持ってうなずいた。

義姉が持たせてくれたお弁当を、ラジオを聴きながら食べた。豪勢なお弁当でもなく、彼女が、

「ごめんね。残り物も入れちゃった」

といっていた、かぼちゃの煮物やピーマンとしらすの炒《いた》め物や卵焼きなどが入った、ごく普通のお弁当だが、ひと口食べるごとに、体にしみ渡った。自炊をするときも、それなりにバランスを取って作っているつもりだが、やはり見知った人が、自分のために心を込めて作ってくれたものは、こちらもありがたいという気持ちが強くなるのか、より体にいいような気がする。

「ごちそうさまでした」

キョウコは空になったお弁当箱を前にして手を合わせた。

翌々日、
部屋の外でチユキさんの声がした。

「こんにちは」

「はあい」

戸を開けるといつもの笑顔で彼女が立っていた。

「おみやげです」

立派なトマト、ルバーブのジャム、様々なサラダ用のハーブリーフが入った袋を抱えている。

「あら、いつもありがとう。どうぞ」

「お邪魔しまーす」

ベッドの上に腰掛けてもらい、お茶を淹《い》れながら、キョウコは、

「モデルのお仕事は終わりました？」

と聞いた。

「はい、着衣のモデルのお仕事は終わりました」

とチユキさんは元気よく答えた。

「山に一日だけ、行っていたんです」

「ああ、そうだったの。今回はずいぶん短かったのね」

「ええ、ちょっと様子を見に行くだけだったので」

「様子？」

お茶と買い置きのおせんべいを出すと、彼女はそれに、いただきますと手を伸ばし、

おせんべいを食べながら、

「実は家族が増えちゃったんです」

とにこにこしている。

「ええっ」

キョウコは思わず彼女のお腹に目をやってしまった。するとその視線を感じたらしい彼女は、

「いえ、違います、私じゃないんです」

と大笑いした。

「えっ、でも家族っていわれたら……」

キョウコがあわてていると、チユキさんはにこにこしながら事の顚末《てんまつ》を教えてくれた。

チユキさんのモデルの仕事の最終日、休憩時間に彼からＬＩＮＥがきた。そこには、

「子イヌさんがきました。どうしよう」

とあり、まるでぬいぐるみみたいな、茶色くて鼻の周りが黒い愛らしい子イヌの画像が添付されていた。びっくりしたものの、休憩時間も終わるので、

「今、仕事中なので、終わってから連絡するね」

と返信しておいた。しかし動揺していたのか、デッサン室に戻ってポーズを取っても、生徒さんから、

「ちょっと違いますけど」

と指摘されたといっていた。とにかく今は集中と自分にいいきかせながら仕事を終

えて、急いで彼に電話をすると、こちらに来て欲しいという。

「で、そのまま電車に乗って行ってきたんです」

それは大変とキョウコは前のめりになって話を聞いた。

その日、彼のご近所さんのなかでいちばん気のいいおじさんが、

「あげる」

といって、抱っこしてきた子イヌを、はいっと彼の胸に押しつけてきた。びっくりしていると、

「あんたんとこは不用心だから、イヌくらいいたほうがいいんじゃないの。おれんとこで三匹生まれたから、そのうちのオスをあげるよ。三か月過ぎたから、育てるのもそんなに気にしなくていいしさ」

といって帰っていったのだとか。急にそんなことをいわれても、何の準備もしていないので、とりあえず飲み水を小鉢に入れて、その横に段ボール箱の高さを短くカットした中に、バスタオルをたたんで寝床を作ってやると、おとなしく水を飲んで、箱の中で眠りはじめた。その間に急いでホームセンターまで車をとばし、ペット用品売り場の店員さんに必要なものを聞き、それを買って急いで帰ってきたというのだった。

「あらー、大変だったわね」

「そうなんですよ、まさかこんなことになるとは」

そういいながらチユキさんは、二枚目のおせんべいに手を伸ばした。

彼がチユキさんを駅まで迎えに行くというのを、彼女は子イヌがいるのだから家に残してこないでと断り、タクシーで家に行った。すると空いていたひと部屋は、子イヌ部屋になっていた。ケージの床にはペットシーツが敷き詰めてあり、その外には食器、ドッグフード。あひるとカエルのおもちゃ。そしてイヌを飼うための本が三冊積んであった。彼女が子イヌを見て、

「あらー」

というのと、彼が、

「こんなことになったんだよ」

といったのは同時だった。

「かわいい。こっちにいらっしゃい」

ケージから出てきた子イヌは、手を伸ばして座ったチユキさんのその手の匂いを嗅ぎ、そして舐めたあと、小さくジャンプをするように膝の上に乗ってきた。

「ああ、いい子、いい子」

抱っこして撫でてやると、子イヌはふぐふぐと鼻を鳴らしながら、顔を舐めまくっ

た。

「かわいいんだけどね。どうしたらいいんだろうねえ」

彼が本を手に取って、ぱらぱらとページをめくりはじめると、子イヌはその本に元気よく飛びついた。

「おおっ」

彼がびっくりすると、今度は彼の胸に飛びついて、首筋や顔をものすごい勢いで舐めはじめた。

「はいはい、わかりました、わかりましたよー」

彼は抱っこした子イヌの背中を撫でながら、声をかけていたが、あまりに動きがはやいので、抱っこしながらもあたふたしていた。

「名前は決まったの？」

「決めてないよ。急だったんだもの」

「はやくつけてあげないと」

「そうだよね」

彼はしばらく考えていたが、

「えんちゃんにする」

といった。尊敬する円空《えんくう》からとったのだそうだ。

「すごい名前をもらっちゃったね」

彼の胸に抱っこされたままの子イヌの顔を指で撫でてやると、体をねじってチユキさんの指を舐めた。そしてしばらく興奮していたえんちゃんは、だんだんおとなしくなり、彼の膝の上で寝てしまった。二人は安心しきって寝ている小さな生き物を見つめていた。ほわほわしたお腹が上下しているのがわかる。何も相談しなくても、二人はえんちゃんの一生への責任を感じていた。

「動物病院、近くにあったっけ」

チユキさんが聞いた。

「駅の近くにあったと思う。看板が出ていたから。道の駅の横の道を入ったところ」

「ああ、それならよかった。あまり遠くだと、何かあったときに大変だし」

彼はえんちゃんの顔を眺めている。そして、

「えんちゃんは腕白そうな顔をしてるよね。顔は典型的な昭和のイヌだし」

と笑った。

「そうそう。鼻の周りが黒くてね。性格はいいんだけれど、あまり頭がよくなくてね。うちの近所にもいたなあ」

チユキさんも笑うと、彼は、

「でもこの子は頭がよさそうだよ」

と膝の上で寝ているえんちゃんの顔をのぞき込みながらいった。もう親馬鹿がはじまっているようだった。

えんちゃんは目を覚ますと、すぐにスイッチが入り、尻尾を勢いよく振りながら、小さなジャンプを繰り返して、彼やチユキさんに飛びついてくる。彼は早速、

「基本はちゃんとしつけなくちゃ」

と御飯をあげる前に「お座り」、ちゃんとお座りをしたら「待て」、そして「よし」の三つの合図を守らせなくてはといいはじめた。

「昔はそんなことなどさせないで、庭で飼っていたイヌに、壊れかけたアルミ鍋《なべ》の中に御飯とお味噌汁《みそしる》を入れて、待てとかいわないで、ただあげていただけだったわよね」

チユキさんがいうと、彼は、

「あなた、戦前の人ですか」

とびっくりしていた。

「祖父のお友だちの家に行くと、そうだったのよ。大雨や台風や雷のときだけ、玄関

に入れてやるっていってたわ。今のイヌたちは幸せよね。人間よりも大切にされているもの」

「過保護かなとも思うけど。でも、やっぱり外には出せないなあ」

彼がえんちゃんを抱き上げると、えんちゃんはぷりぷりとお尻を左右に振って、彼の顔を舐め回している。

「わわ、わかった、わかったから、もうやめてえ」

彼が訴えてもえんちゃんは顔を舐めるのをやめなかった。

「保健所にも届けなくちゃ」

「あ、ああ、そうだね」

顔を舐めるのに飽きたえんちゃんは、今度は、かうっ、かうっと彼の左手を甘嚙《あまが》みしている。その体を右手で撫でながら、

「これからは怒濤《どとう》の日々だな」

とちょっとうれしそうに彼はつぶやいた。

「そうねえ、本当に元気いっぱいだものね」

甘嚙みにも飽きたえんちゃんは、今度は家の中をものすごい勢いで走りはじめた。何の獲物《えもの》もいないのに、まるで自分の一メートル前に、その何かがいるかのようなス

ピードだ。これまではこの家が広すぎるのではと、もてあまし気味だったチユキさんは、この勢いを目の当たりにして、これから成長することを考えると、狭いくらいかもしれないと思いはじめた。

たたたたたっという足音が遠ざかったり近づいたりするのを聞きながら、どんなドッグフードにしたらいいのかを、二人でスマホを見ながら検索していると、がしゃーんという音が聞こえてきた。彼はあわてて立ち上がって、仏像を彫っている部屋に走っていった。

「えっ、襖《ふすま》、閉めてなかったの？」

チユキさんもあわてて追いかけて部屋に入ると、そこには横倒しになって総崩れになったり、四方八方に散らばったりしている、彼が彫り続けた無数の仏像の姿があった。

（ひっ）

チユキさんが思わず声が出そうになったのをぐっと堪《こら》え、おそるおそる彼のほうを見ると、彼は、

「あ……」

とつぶやいたまま立ち尽くしていた。一方、倒れた仏像に埋もれたえんちゃんは、

小さな仏像を口に咥《くわ》え、二人がやってきたのを見ると、それをぺっと吐き出した。そして、

「キャン」

とひと声鳴いた。

「やったあ」

といいたげに、得意げにまん丸くて黒い目をぱっちりと見開いて、元気よく尻尾を振り続けていた。どこにどの仏像があるのか、全部把握していて、動かしただけでもそれがわかっていたのに、こんなにぐちゃぐちゃにされてどうするのだろうかと、チユキさんの心臓はどきどきしてきた。そして、

「どうしちゃったの」

とチユキさんが動揺を抑えて静かにえんちゃんに声をかけたのと同時に、彼は、

「あはははは」

と笑い出した。

「やっちゃったなあ、大丈夫か、怪我《けが》はしなかったか」

倒れた仏像の中からえんちゃんを抱き上げると、人間の心中などまだわからないえんちゃんは、彼の腕の中で、

「やったよ。何だかよくわからないけど、この木の棒の集まりをぶっ壊してやったよ」

と相変わらず得意げな表情は変わらなかった。彼は、また新しい冒険をして鼻息が荒いえんちゃんの脚や肉球を確認して、

「よかった、怪我はしてないみたいだね」

と畳の上に置いた。えんちゃんは相変わらず、彼とチユキさんの顔を交互に見上げ、

「やった、ぼく、やったよ」

と自慢している。

「すごいね、えんちゃん。これ全部、倒したの」

チユキさんは座って体を撫でてやりながら、ちょっと笑いそうになったのを堪えていた。彼は倒れた仏像の山を元に戻そうともせずに、畳の上に胡座《あぐら》をかいた。

(やっぱりショックなのかな。それはそうだよね。あれだけ時間を費やして彫っていたんだもの。でもやっちゃったものはしょうがないし。どうしたらいいのかな)

心配にはなったものの、チユキさんは座った彼に声をかけられず、えんちゃんの頭を撫で続けながら、彼の様子をうかがっていた。

しばらくすると彼は、すっと立ち上がり、押し入れの中から空の段ボール箱をいく

つか持ってきて、それまで一心不乱といっていいほど、熱中して彫っていた仏像を次々に入れはじめた。

「えっ、どうするの」

チユキさんがたずねても、彼は黙って仏像を箱に詰め続けている。そしてひとつの仏像を手にとってじっと見つめた後、

「これはよくできているから、あげる」

とチユキさんに手渡した。

「あ、ああ、ありがとう」

一仕事を終えたえんちゃんは、今度はチユキさんの膝の上で大あくびである。

結局、仏像は大きめの段ボール箱、三つ分になった。

「どうするの？　押し入れにしまうの？」

「いや」

彼はそういって、どこかに電話をかけはじめた。話している相手の名前から、彼の知人の新進の陶芸作家の男性だとわかった。

「焚《た》きつけにどうかと思って。うん、それじゃ、都合のいいときに取りにきてよ。うちの子も見せるから」

彼は明るく話して電話を切った。

「焚きつけって……」

膝の上でほとんど眠っているえんちゃんを撫でながら、チユキさんがたずねた。

「うん、使ってもらおうと思って」

「だって、あんなに……」

いいたいことが多すぎて、ついチユキさんが口ごもると、彼は、

「何、やってたんだろうね。自分は崇高なことをやっているつもりだったんだろうけど。ただ木の棒を削ってた、それだけのことだったんだよね。ね、えんちゃん」

と声をかけた。名前を呼ばれたえんちゃんは、チユキさんの膝の上で半分だけ目を開けて、小さく尻尾を振ってまたこてっと寝てしまった。

「電池が切れましたか」

彼は笑ってえんちゃんの頭を撫でた。

「いいの？　本当に」

チユキさんは念を押した。あれだけ没頭して、自分との時間よりも、そちらに情熱を傾けていたのにと、すっきりと片付いた部屋を眺めながら聞いた。

「うん、やったことは後悔してないけど、動機が不純だったような気がする。簡単に

いえば格好つけていたんだろうね。タワマンに住んでいた頃の自分と、見た目は違うけど、中身は同じじっていうかさ。環境が違うだけで」

チユキさんは、ふーんとしかいえなかった。そしてしばらく二人で無邪気に寝ているえんちゃんを眺めていると、彼が、

「窯《かま》の中で立派な器ができるように、役に立って欲しいよ」

とつぶやいた。素朴な造りなので、よくよく見ないと仏像とはわからないとはいえ、引き取った段ボール箱から次から次へとそれらしきものが出てきたら、困惑するのではないかとチユキさんが釘《くぎ》を刺すと、

「大丈夫、もし気持ち的に何かあったら、彼のお父さんは住職だから対処してくれると思う。儀式として自分も行かなくちゃならなくなったら、もちろんその場に行くけどね」

といった。いくら素人が彫ったといっても、形が形なので、なるべくトラブルがないようにしたい。

「罰が当たらないように気をつけてね」

そういい残し、あとは彼に任せるしかなかった。

「というわけで、後ろ髪を引かれる思いで、こちらに帰ってきたわけです」

ひととおりの出来事を説明し終わって、チユキさんは、ふうと小さくため息をつき、彼から送られてきたLINEの写真を見せてくれた。

「あら、かわいい子。本当に昭和のワンちゃんみたいね」

「そうなんですよ。今風じゃなくて、ちょっと泥臭いんですよ」

チユキさんは笑った。

「怒濤の一日だったわねえ」

キョウコがしみじみいうと、

「そうなんですよ。ただ彼がえんちゃんを溺愛しているのはよくわかりました」

ときっぱりといい切った。

「ちっこい子はかわいいからねえ」

「そうなんですけどね。もう、えんちゃん、えんちゃんって大変なんですよ。ずーっと育て方の本を読んだり、獣医師さんのところにいって、話を聞いてこなくちゃっていったり、ほとんど父親状態です」

「仏像の次に集中するものができたのね」

「それはよかったんですけどね。まあ本人は、これからは心を入れ替えて彫るって、いってますから、仏像彫りも一生、やり続けるんじゃないかとは思いますけれど」

「それはそれでいいわよね。何にも縛られていないんだから」

「そうなんです。好きなことはいくらでもやれる状況ですからね。でもえんちゃんは生きているから、それが中心になるんじゃないでしょうか」

「それはそうよ。放《ほう》っておけないもの。これからチユキさんも、山に行く時間が増えるんじゃやない」

「本当にえんちゃんがかわいくて。間を置くと、きっとすぐに大きくなっちゃうんだろうなって。まあ大きくなってもかわいいのは変わりはないんですけど」

「でも子イヌや子ネコのかわいさって、特別だからねえ」

「そうなんですよねえ」

心の底からそういって、チユキさんは帰っていった。

キョウコは携帯電話のなかの、愛らしいおネコさま御一行と、えんちゃんの画像を眺めながら、宝物が増えたような気がした。これで軽く二時間は楽しめる。

「かわいい」

いくら画像をさすっても、ただ平たく冷たいだけで、毛の感触はない。しかし、

「いい子ね」

といいながらさすっていると、彼らを触っているような気持ちになってきた。幻聴、

幻覚はあるが、これは幻触といえばいいのだろうかと思いながら、どうしようもないなと、キョウコは苦笑した。

ぶっちゃんの家は知っているけれど、家の前をうろうろするわけにはいかないし、気温も高くなってきたので、飼い主さんはもちろん、シルバーカーに乗っているとはいえ、ぶっちゃんも外を移動するのは負担になるだろう。ぶっちゃんに遇《あ》うには、もっと気温が下がらないとだめだと諦めてはいるものの、やっぱり無性に会いたくなる。おネコさま御一行には、いつでも会えるし触れられるし、そのうち抱っこもできるようになるだろう。でもおネコさま御一行とぶっちゃんの愛らしさはまた違うのだ。子どもを産み育てる違いもあるのかもしれない。トラコさんはチャコちゃんとグウちゃんを一人で育てしつけもしている。賢く周囲を警戒しつつ、人間といい関係を築こうと頭を使っている。しかしぶっちゃんはあまりに単純で、御飯、遊ぶ、寝る、しかない。それがかわいい。天然の置物のような、そんなぶっちゃんのたたずまいはまた格別なのだ。

「ぶっちゃん、元気かな。あっ、飼い主の奥様も息子さんも。ごめんなさい……」

いつもネコ優先になってしまう自分に反省した。

以降、キョウコの携帯電話には、連日、ネコやイヌの画像が送られてくるようになった。

義姉とチユキさんからのものである。古い携帯電話では、すぐに容量がいっぱいになってしまうのではと、キョウコはひやひやしていた。義姉からの画像には、おネコさま御一行と共に、いい意味で顔が崩壊している兄の姿があった。こんなに背が伸びるのかと思うほど、おもちゃに手を伸ばしているトラコさんや、チャコちゃんグウちゃんの姿にも驚くが、手作りのおもちゃを持っている兄の顔がまるで漫画のようだった。うれしそうに口をぽっかりと開けて、間抜けた顔をしている。義姉からは「恥ずかしい写真です」とのひと言が添えてあった。

息子や娘にも送っているが、二人からは、「ネコだけが写っているものを送って欲しい。お父さんはいらない」と返信があったそうだ。子どもたちからしても、

「何だ、こりゃ」

だったのだろう。人望が厚く、一部上場企業のゼネラルマネージャーを務めるほど仕事もできる兄だが、何よりもおネコさま御一行がかわいくて仕方がないのだ。それがとてもほほえましくもあった。彼は義姉の前で、虚勢を張ったりはしない人なので、いばったりはしなかったはずなのだが、いばるどころか、まるで子どもに返ったような兄の姿を見て義姉も驚いただろう。キョウコも驚いた。うれしい驚きだった。甥《おい》や

姪《めい》がどう感じたかは複雑だけれど。

年々、キョウコは早朝に目覚めるようになり、夏が近づくにつれて、冬よりも一時間早く、朝五時に目が覚めるようになった。湿気が多い日だと活動は鈍るが、湿気が少ないと、さあ洗濯だと元気が出てくる。ラジオをつけてぼーっと聞いたり、顔を洗ったりしているうちに、クマガイさんの部屋からは、テレビ体操の音が聞こえてくる。そうなると多少の音は立てて平気という気持ちになり、洗濯をはじめる。冬場は辛いけれど、今の季節は水に手を入れるのも気持ちがいい。昔はふうふういいながら、ベッドシーツなどの大物を洗面器で洗っていたが、クマガイさんから、

「コインランドリーもいいけど、シャワー室の床に置いて、足で踏んでも洗える」

といわれ、濯《すす》いだら蛇口に引っかけてねじればいいと教えてもらったのだ。足踏み式で洗い、シャワーで濯ぐまではいいのだが、老朽化しているシャワー室の蛇口に水を吸って重くなったシーツを引っかけるとき、

(もしかして蛇口が取れてしまうのでは)

といつも不安になった。ぐいっと引っ張るとすぐに壁から取れそうで、様子を見ながら少しずつねじって水を絞るので、冬場は正直、干していたのを取り込んでも、どことなく湿っている。そんなシーツを部屋に広げて湿気をとばしていたが、さすがに

不毛な気がしたので、冬はコインランドリーのお世話になっている。しかし夏は水遊び感覚が楽しいし、多少、絞り方が甘くても、すぐに乾くので気持ちがいい。

　物干し場に洗濯物を干した後は、朝ご飯を作る。トマトをたくさん食べたくなるので、今の時季は朝食をパンにすることも多くなった。といっても賞味期限が近づいていて、値段が安くなったパンが手に入ったときだけで、入手できないときはいつものように御飯を土鍋《どなべ》で炊く。冬はそれが部屋の空気を暖めてくれるのでいいのだが、今は一気に暑くなるので、窓や入口の引き戸も全開にして換気をよくして炊いている。

　その日は四分の一の大きさにカットされて安く売っていたレタス、チユキさんのおみやげのトマトとサラダリーフのサラダ、目玉焼き、そしてこちらも安くなっていた米粉パンである。ふだんはジャムなしでパンを食べるので、ジャムがあるのがうれしい。トレイに皿を並べて、りんごとにんじんの有機ミックスジュースを添えた。

「バランスが完璧なような気がする」

　トレイの全体を眺めながら、キョウコはにっこり笑った。こういう日は楽しくていいことが起こりそうな気がするのだった。

7

キョウコは毎日、兄夫婦のところのおネコさま御一行や、チユキさんのえんちゃんの画像を眺めていた。すぐに飽きるかもしれないと思っていたが、彼らからは逐一画像が送られてくるので、どんどん画像が増えていき、飽きることがない。義姉《あね》からは、

「動物動画や画像を喜んで見ているのは、中高年が多いらしいです」

という情報も添えられていて、キョウコも間違いなく、そのうちの一人だった。

パートナーが、これまで一心不乱に彫り続けていた大量の木仏は、知り合いの陶芸家のもとに届けられたと、チユキさんが教えてくれた。しかし陶芸家は、さすがにお寺の息子だけあって、やっぱり、はいそうですかと、これらを火にくべることはできないといい、住職である父親に相談した。すると住職はすぐに軽自動車でやってきて、

「ご友人が心を込めて彫られたものを、火にくべることなどできない」

と、全部、車に乗せて持って帰っていった。

「今、どうなっているかというと、お寺の敷地のなかに、地域の人が住職の奥さんに、書道や着物の着付けや和裁を習いにくるための建物があるそうなんです。そこにずらっと並べられることになって」

チユキさんはスマホの写真を探しはじめた。

「そうなの。あれだけ彫るのは大変だしねえ。仏様もそのほうがよかったかもしれないわね」

「あ、ありました」

彼女はスマホをキョウコの前に差し出した。八畳ほどの畳敷きの部屋を二間ぶち抜いた両側に、ずらーっと彼が彫った仏様が並べられていた。

「こうしてみるとすごいわね」

「よくこれだけ彫ったなって、私も感心しちゃいました」

訪れた地元の人たちは、気に入った仏様をいくつか持って帰って、家に飾っているという。

「燃やすよりもずっとよかったわね」

「私もそう思いました。素人がただ彫ったものですけど、何だか罰が当たりそうでしたもん」

「彼も一生懸命彫っていたみたいだしね」

「私との時間まで犠牲にしていたんですから。彼はお坊さんじゃないですけど、人が作ったものには、いろいろなものがこもっているんじゃないかと思います」

若いチユキさんが、こういう考えなのが、キョウコには好ましかった。

「えんちゃんに、手頃《てごろ》な大きさのを一体あげたら、もう気に入っちゃって、ずーっと咥《くわ》えて遊んでいるらしいんです。齧《かじ》るし唾液《だえき》でべたべたになっているので、洗ってやろうとしたら取られると思って、脚を踏ん張って必死にいやがるんですって。寝ているときにそーっと手にとってみたら、もう歯形が一面についていて、彼の彫ったものがすべて上書きされて、ただの棒になっていたそうです。でも彼は、こんなに強く嚙《か》めるようになったんだねえって、喜んでいましたけど」

チユキさんは笑った。

「もうその棒はそのままにするしかないわね。チユキさんもそれを見に行くんでしよ」

「はい」

彼女の笑い方がまた一段階上がった。パートナーからは、

「えんちゃんが来てから、ここに来る回数が多くなったね」

といわれたのだとか。

「当たり前ですよね。だって前は、私が行ったって、ずーっと木を彫り続けていたんですから。面白いわけないですよ。おまけに近所の人にはあれこれいわれるし」

「そうだったわねえ。でもいいじゃない。えんちゃん、とてもかわいいし、これから楽しみね」

「もう元気で、元気で。去勢すればおとなしくなるのかなとは思いますけど。彼がちょっとかわいそうだなあっていうんです」

「せせこましい都内とは違うしね。家が密集していない地域の人だと、手術はしない飼い主も多いのかもしれないわね」

「そうですね、えんちゃんもそれで生まれたので」

「都会だとイヌでもネコでも、手術派がほとんどだけど」

「私はしたほうがいいと思うんですけど。獣医さんと彼とよく相談してみます」

「男の子は女の子よりは負担が少ないっていうから」

「そうみたいですね。彼は同じ男として、気持ちが揺らいでいるようです」

チユキさんは、今日の夜からまた山に行きますといって、部屋に戻っていった。

「子はかすがい」というけれど、チユキさんのところも、「えんちゃんはかすがい」になっているようだった。

キョウコが洗濯物を干していると、クマガイさんが、

「こんなところから失礼します」

と窓から顔を出した。

「お久しぶりです」

目に入った彼女の部屋にコスモスが活《い》けてあるのが見えた。

「そうね、私も出入りが多かったから、お目にかからなかったわね」

二人で挨拶《あいさつ》しながら、青い空を見上げた。

「やっぱり天気がいいと、気分もいいわね」

クマガイさんが深呼吸をした。

「若い頃は昼間に寝て、夜遊ぶような生活をしていたから、晴れようが雨が降ろうがどうでもよかったけど、歳《とし》を取るにつれて、天気のいい日がうれしくなるのよね。膝《ひざ》も痛まないし、ふふふ」

「クマガイさん、膝が痛いんですか」

「痛いのよ。おかげさまで歩くのには不自由はないんだけど、天気が悪くなってくる

と、なんだか調子が悪いのよね。一度、駅前の病院に行ったら、若い医者に『特に悪いところはないですね。まあ、いいお年頃ですから』、なんていわれちゃって。どうしたらいいのかしらねえ」

クマガイさんは笑いながら、耳の上を軽く掻《か》いた。

「友だちに聞いたら、ずーっと前から膝にサポータをつけて歩いてるっていうの。だからドラッグストアで買ってつけてみたんだけど、肌に合わなかったのか、かゆくなっちゃって。最初は膝だけがかゆかったんだけど、かゆいと思ったら、今度は背中がかゆくなってきちゃって、その次は腕なのよ。もう、かゆみがかけめぐっているっていう感じになっちゃったから、つけるのはやめたの」

「かゆみは治まったんですか」

「ええ、もう大丈夫。かゆみもいいお年頃だからなるらしいのよ」

「へえ、私も背中がかゆくなることがあって、物差しで背中を掻きますけどね」

「昔は洋裁のときに使ったものだけど、最近は背中を掻くために使うんだからね。物差しも泣いていると思うわ。あんたの背中を掻くために、物差しになったんじゃないって」

「ふふふ」

キョウコは洗濯物を干す手を止めて、笑った。

「私の友だちは、みんな夜遊び時代の人たちばかりだから、普通に過ごしている人たちよりも、歳を取ると体が弱るのが早いのよ」

「ええっ、そうなんですか」

「若い頃にかっこいいからってタバコを吸いまくって、大酒を飲んで酔っ払って、そのあげくに道路に寝たりしてたでしょう。昼間はずっと寝ていて、日が落ちる頃に起き出すんだもの。ろくにちゃんとした食事も摂《と》ってないし。結構、体はぼろぼろよ。若い頃は何とも思わなかったけれど、歳を取ると明らかに差がでてくるわね。私にファッション関係の仕事をくれた人ね。その人なんか、私が膝が痛いっていったら、自分は二十年前から痛いって自慢するのよ。いやになっちゃう」

「クマガイさんはそうじゃないっていうことじゃないですか」

「私は倒れたじゃない。みなさんにご迷惑をかけたけど。若い頃の不摂生も影響しているんじゃないかって思ったわ」

「でも今はお元気になってよかったですね」

「運がよかったのね。最近、友だちがたて続けにあっちの世界にいってるのよ。ああ、当たり前に友だちが亡くなるような年齢になったんだなあって、しみじみしちゃった。

まだササガワさんはそういう話はほとんどないでしょう？」

「ええ、まだ聞かないです」

そう返事をしながら、会社にいたときの同僚とは縁が切れているし、連絡を取っているのはマユちゃんくらいで、彼女も元気だし、兄夫婦も元気なので、同年配の訃報は知らないというのが正直なところなのだ。

「もしかしたら、学校で同じクラスだった人のなかには、そういう人もいるかもしれないですけれど、話は聞いていないです」

「それは何よりよ。私なんか、突然、だだーっと、あの人もこの人も、っていう知らせが届くんだから。そういう年回りもあるみたい。去年はそんな話は聞かなかったけど、今年はひどかったな。毎月、そんなお知らせが続いてね。今はお葬式もあまりおおっぴらにしないで、ごく親しい人たちで済ませて後からお知らせっていう場合も多いから、よほど親しくしていなければ、お別れをする機会が少なくなったしね」

「そうかもしれませんね。お葬式もどんどんコンパクトになっているっていいますからね」

「昔はお葬式の日に、塀にずらっとお悔やみの花輪が並んでいるお宅もあったわね。地元の名士の家でね。それを見た他の名士が、あの家よりも、立派な葬式にしようとか、見栄《みえ》を張るわけよ。近所の人もお悔やみに行ったような気がするな。それで通夜《つや》振る舞いのお鮨《すし》なんかをいただいて、帰ってくるっていうね」

「へえ、そうなんですか」

「町内の結びつきが強かったんでしょうね」

「一戸建てに住んでいても、隣の人とおつきあいがないお宅もあるみたいですしね」

「面倒くさいことがいやなんでしょう。お互いに干渉しないのが、トラブルを回避するためにいいと考えられているのかもしれないわね」

「遠くの親戚《しんせき》より近くの他人っていっていましたけどね」

「もう遠くても近くても関係ないんでしょうね」

クマガイさんは今度は、ふうっとため息をついた。

「亡くなった友だちの半分は一人暮らしなの。ずっと一人だった人もいるし、別れちゃった人もいるんだけど、まあ、後始末が大変だったみたいね。まず血縁をたどって、全然、会ったこともない人に連絡がいって、大騒動になったりして」

「突然、亡くなりましたっていわれても困りますよね」

「その人、誰《だれ》ですかっていう感じでしょう、きっと」

最近はパソコンやスマホなどもあり、そのパスワードも本人しか知らないので、それもまた大変なのだそうだ。

「いろいろと話を聞くとね、シンプルなのがいちばんいいみたいよ」

「パスワードがわからないと、今は何もできませんよね」

「本人が亡くなったとなれば、必要な書類を見せたら特例で教えてくれるのかもしれないけど。私だったら会ったこともない、血縁があるだけの全然知らない人に、そんな面倒な後始末をさせるのはいやだなあって思っちゃったのよ」

「それはそうですよね。知り合いでもちょっと気になりますものね」

「そうなのよ。私の場合は息子がいるから、まあ彼がやってくれるんでしょうけど。息子もいい歳だから、どっちが先に逝《い》くかはわからないし。そうなると彼の妻がやることになるんでしょうけど……。彼女も迷惑なんじゃないのかなあ。私の後始末をするなんて。巨額の遺産があればまた別でしょうけど。ご覧のような暮らしだし。私は一人で暮らしているっていうことは、他人に極力迷惑をかけないことだって思ってるから。というのも、若い頃、知っている人にも知らない人にも、とんでもなく迷惑をかけまくったんで、あんた、これ以上はだめでしょうっていう理由もあるんだけどね。最近は亡くなった後の事務処理をしてくれるところもあるみたいね」

「ああ、そうなんですか」

情報難民のキョウコには初耳だった。

「あなたには甥御《おいご》さんも姪御《めいご》さんもいらっしゃるから、その点は安心ね」

「ええ、男の子は、葬式はおれがちゃんと出してあげるからっていってくれました」

「あら、ずいぶん先の話を……。でもありがたいわね、そういってくれるのは」

「そうなんです」

いちおう家系は続いていても、それがすべていい方に向かうわけではないのは、キョウコもよくわかっていた。

「元気なうちに、最低限のことはしておいたほうがいいのかもね。周囲の人に迷惑がかからないように」

「そのほうが残された人は安心ですけど」

「そう思いながら、また明日、また明日って引き延ばして、結局は何もしないで死んじゃうんだろうな、きっと。あはははは」

彼女は笑った。

キョウコも笑った。

「それはそれでいいんじゃないですか」

「そうねえ……。あ、ごめんなさいね。手を止めさせちゃって」

「いいえ、あと少しだったので大丈夫です」

「こんなところから失礼しました。何だか鳩《はと》時計の鳩が首を出したみたいだったわね。ふふふ。それでは、また」

彼女は軽く頭を下げて、窓を閉めた。キョウコも会釈して洗濯物を干そうとすると、木の枝に留まっていたカラスが、じーっとこちらを見ていた。

「あら、話を聞いていたの？　カラスさんにはいい考えはありますか？」

キョウコが声をかけるとカラスは、二、三度小首を傾《かし》げた後、飛び立っていった。

鳥や動物は、面倒くさい相続や死後の事務手続きがなくていいなあとうらやましくなった。飼われている子たちは別だけれど、外で暮らしている生き物は、寿命がきたらひっそりと亡くなっていく。そして亡骸は土に帰る。以前、読んだ本に、「江戸時代の旅人は荷物のなかに、旅の途中で行き倒れたら、その辺りに埋めてくださいという趣旨の一筆と、いくらかの埋葬費用を必ず携帯していた」と書いてあった。地元の身内に連絡してもらうために、自分の名前や住んでいる場所も書いていたのだろう。しかし今と状況が違うので、遠方で倒れたらその情報も家で待っている人たちにはうまく伝わらず、行ったきり元気なのか亡くなったのかわからないという人も多かったのではないだろうか。それでも当時の人たちは、

「仕方ないね」

と陰膳《かげぜん》を供えてじっと待っていたのに違いない。キョウコはその人が生きているようないないような、そういう関係がうらやましくもあった。

山にいるチユキさんからは、ほぼ毎日、画像が送られてきた。あっという間にえんちゃんは大きくなっていて、愛らしくてかわいい子イヌというよりも、元気な子イヌになっていた。台所の野菜類が入っている籠《かご》をひきずっていたり、障子《しょうじ》に前足を突っ込んだり、室内を疾走していたり、寝ている彼に馬乗りになっていたりと、腕白ぶりを発揮していた。笑いながら見ていたら、彼女から電話がかかってきた。

「すみません、お言葉に甘えてまた画像を送っちゃいました」

「えんちゃん、元気そうね」

「もう、元気なんてものじゃないんですよ。毎日というか、毎時間、何かしらやらかしてくれますからねえ。大変なんですよ」

そういいながらまったく大変そうじゃないのがほほえましい。

「元気なのはいいことよ」

「それはそうなんですけどね、元気すぎちゃって。大暴れしていたかと思うと、急に電池切れを起こして、座布団に顎《あご》を乗せて寝ちゃうんですよ。その間に二人でわーっと片づけて。そして片づけが終わって、ほっとしてお茶を飲んでいると、いつの間にか気に入っている音がするカエルさんのおもちゃを咥えてきて、彼の前にぽいっと投げるんです」

「あら、お利口さん」

「それを投げてやると、ものすごい勢いで走って咥えて、また戻ってきて投げて……、もうエンドレスです」

「あははは」

「彼も途中で疲れちゃって、私に替わるんですけど、そうしたら、えっ、あんたがやるの？　っていいたげな顔をするんですよ。いまひとつうれしそうじゃないんです」

「ええっ」

「失礼なんですよ、こいつ」

背後からえんちゃんの鳴き声が聞こえた。

「あ、聞かれちゃった。ちょっと怒っているかも」

チユキさんは笑った。そして、

「えんちゃんのことじゃないよ」

と振り返って声をかけていた。

「動物は悪口がよくわかるっていうから」

「そうですよね。どうしてなんでしょうかねえ」

家は襖《ふすま》を全部開けっぱなしにして、えんちゃん用の畳敷きの広大な運動場になっているのだけれど、畳の劣化、障子紙の破損が激しく、

「日々、荒《あば》ら屋《や》化しております」

と淡々といっていた。えんちゃんが気に入って翳っていた仏像は、見向きもしなくなったそうだ。

「しつけもちゃんとしないといけないんですけどねえ。人が大好きで散歩に出かけると大喜びして、みんなに飛びついていくんです。でも庭に繋《つな》がれているイヌに吠《ほ》えられると、しゅんとしたりして、内弁慶なんですよ」

「まだ若いからね」

「年長者に叱《しか》られるっていう感じなんでしょうかね」

彼女が話している背後では、「こら、やめなさい」「ほらほら、あーっ」「はい、いい子、いい子」というパートナーの声が聞こえている。えんちゃんに翻弄《ほんろう》されている姿が目に浮かんできた。

「私たちの間で、へそ天で寝るんですよ。お腹《なか》が冷えたらいけないと思って、タオル

を掛けてやったら、そのままの姿で寝ているんです」

「あら、川の字なのね」

「そうなんです。まさか私、イヌと一緒に並んで寝るとは想像もしていませんでした」

キョウコはくくくくと笑った。

「最近は寝る時間になると、まっさきに布団に入って待機しているんですよ。彼や私がもたもたしていると、早く来てって呼ぶんですよね。彼一人、私一人でもだめで、二人の間に寝るのが好きみたいで」

「あら、かわいい」

「そうなんです。かわいいんですよ」

この分ではチユキさんは、山から戻ってこないのではないだろうか。一時は二人の仲が停滞している話も聞いたが、えんちゃんが来てくれてから、ものすごい勢いで家の中の空気が循環しているような気がする。

会話がなく雰囲気が煮詰まっている家庭に、何らかの生き物がやってくると、家族関係が改善したという話はよく聞く。キョウコが会社に勤めていた時、家族、特に妻の悪口ばかりをいっている上司がいた。妻もフルタイムで仕事をしていて、家事をしないと不満を漏らしていた。彼主催の飲み会に会社が終わってから、やむをえずお付き合いすると、別に家は荒れ放題になっているわけではなく、妻はメイドサービスのような家事代行サービスを利用していて、室内はいつもきれいに整えられていたという。おまけに費用は彼女が自分で支払っていたのである。いったい何の問題があるのだろうかと、キョウコは彼の話を聞いていた。妻が仕事をしていることによって、生活をするうえで衛生面などで支障があるのならともかく、外注サービスによってきれいに保たれていて、彼に経済的負担もかかっていないのなら、何を不満に思う必要があるのだろうかと不思議でならなかった。

上司は、結婚しているのだから、妻が家事をするのは当たり前であり、外注をするのは妻としての職務怠慢であるというのである。同席していた女性社員たちは、ちらりとお互いに目をやり、口には出さないけれど、

(何をいってんだ)

と意見が一致した。そうですよねえと同調する彼の部下は一人もおらず、ただ彼が愚痴をいっているだけだったのだが、キョウコの後輩の若い男性が、

「奥さんも働いているんだったら、二人で協力して家事をすればいいんじゃないですか。お子さんもいないのだし、大人だけなのだから夫婦で相談すればいいと思います

けど」

といった。それを聞いた上司は、

「はあん？」

と不満そうな表情で彼を見つめた。それからもぐじぐじと小言をいっていたが、とにかく家事をするのは妻でなくてはならず、妻にいろいろと家の中を整えてもらいたいと考えているようなのだった。食事代、飲み代の代わりに、延々と彼の愚痴や主張を聞かされて飲み会は終わった。

のちに彼の直属の部下に聞いたところ、彼の母親は専業主婦で、一人息子の彼にべったりとくっついていて、結婚するまで実家で世話を焼いていたらしい。それを妻に求めているようだといっていた。妻がフルタイムで働いているのも、猛反対したのに無視されたと憤慨していたという。まあ、おじさんにはそういう人もいるよね、などと話していたら、上司の家でイヌを飼うことになった。妻が勝手に会社の人からもらってきたので、彼としては猛反対したのだけれど、一緒に暮らしているうちに、かわいさがつのってきて、イヌを溺愛《できあい》するようになった。妻も帰りが遅かったのが、イヌのために早く帰るようになり、イヌのことで夫婦は頻繁に連絡を取り合うようになった。

そして、イヌは自分のことを、家族のなかで下から二番目と考えていると聞くが、上司はイヌからみて自分より下と判断されたらしい。それまで妻の愚痴ばかりいっていた上司は、今度はイヌの話ばかりになった。周囲も妻の愚痴よりはイヌの話のほうが聞いていても楽しいので、相づちを打ったり、話を広げたりしていると、

「そうなんだよ、おれ、家の中でいちばん下なんだよ」

とうれしそうにいったりしていた。それを見たキョウコは、本当に動物の存在は、人間に幸せをもたらしてくれると、つくづく感じたのだった。

チユキさんのところは二人の関係に特に重大な問題ありというわけではなかったが、えんちゃんを中心として、より絆が深まったのではないだろうか。これまで知らなかったお互いのよさも認識できるだろう。人間が出会うのも縁であるが、人間と動物が出会うのも、また縁なのだなと思った。

「ぶっちゃん、どうしてるかな」

これからいい気候になってくるし、飼い主さんも外に出てくるかもしれない。そうなったらまたぶっちゃんに会える。クーラーで涼むのもいいかもしれないが、やっぱり外の空気を吸いたくなるのではないか。兄夫婦やチユキさんたちの、動物と一緒に暮らす楽しさを見聞きしていると、無性に、ぶっちゃんに会いたくなってきた。

その夜、チユキさんから、

「急に仕事が入ったので戻ります」

　とメールが入った。スマホのレンズを嗅《か》いでいるのか、鼻が大アップになっている、えんちゃんの画像も添付してあった。

　鰯雲《いわしぐも》が浮かぶ、秋の気配がするいい天気が続いているので、キョウコは買い物に行くときも、遠回りをして散歩をするようになっていた。ぶっちゃんを思い出したら、いてもたってもいられなくなり、買い出しの前に、そちらに向かったら明らかに遠回りなのに、ぶっちゃんの住む家の前を通ってみた。大きな庭木がたくさん植わっている、大きなお宅である。ぶっちゃん、どうしているかなと、木々でよく見えないお宅に目をやっていると、がさがさという音と、

「うぎあぁ」

　と穏やかではないネコの鳴き声が聞こえてきた。

「ほら、だめ、だめ、降りてきて。あーあー、まあ、どうしましょ。だめなの？　だめなの？」

　女性の口調も切羽詰まっている。間違いなくぶっちゃんと飼い主さんの声だった。急いで声のするほうに駆け寄ると、ぶっちゃんが広い庭に部分的に設置されている生け垣の間に挟まってもがいていた。

（ああっ、ぶっちゃんっ）

キョウコはあわてて、

「お手伝いします、ネコちゃん、挟まってますね」

と声をかけた。

「ああ、ありがとうございます。すみません。左側の木戸が開いていますので、そこからいらしていただけますか。本当にすみません」

キョウコは走っていって木戸をくぐると、庭の中に入った。外から見るよりもずっと広いお宅だった。キョウコの顔を見た飼い主さんは、

「ああ、こんにちは。いつもこの子をかわいがってくださる……」

といったかと思うと、

「待って、今、助けてくださる方がいらしたから」

とぶっちゃんことアンディに向かって声をかけた。ぶっちゃんは「うにゃ」「わあ」「んぐう」といろいろな声を出しながらもがいている。

キョウコが近寄って状況を確認すると、リードをつけたまま、生け垣をくぐりながら上ったらしく、またそこに庭の木の枝が刺さっているので、ぶっちゃんはもがいているうちにリードがからみついて、身動きが取れなくなっていた。

「取ってあげるから待っててね」

キョウコが声をかけると、ぶっちゃんはちらりとこちらを見て、

「にゃああ」

と切なげに鳴いた。キョウコは胸をわしづかみにされた。

「お姉さんが助けてくださるから、おとなしくしているのよ」

飼い主さんはお祈りをするように、胸の前で両手を組んでいる。

「大丈夫だからね」

声をかけながらキョウコは、生け垣に近寄り、木の枝で腕や手の甲のあちらこちらを突き刺されながら、まず左手でぶっちゃんの体を抱え、リードのフックをぶっちゃんの体からはずした。そしてからみついている細い木の枝を生け垣から抜いて、ぶっちゃんを救出した。ここで放してしまうと、パニックになって外に出てしまう可能性もあるので、

「家の中に連れていったほうがいいと思うので」

というと、飼い主さんは、

「こちらからどうぞ」

と庭に面した部屋を指さした。ガラス戸が半開きになっていた。

「どうぞそのまま、お上がりください」

キョウコはぶっちゃんを抱っこしたまま、部屋の中に上がった。ぶっちゃんの顔を見ると、鼻息はやや荒いものの、安心したような表情になっていた。そして飼い主さんが戸を閉めたのを確認して、

「はい、もう大丈夫よ」

とぶっちゃんを床に下ろした。そのとたん、ものすごい勢いで走り去っていき、またものすごい勢いで戻ってきた。そしてぐるぐるとソファが置いてあるその部屋中を走りはじめ、飼い主さんにすすめられて、ソファに座っていたキョウコの前で腰を下ろしたかと思うと、顔を見上げて、

「にゃあ」

と鳴いた。

「あら、ちゃんと御礼《おれい》がいえたのかしら。偉いわね。もうあんなことをしちゃだめよ」

飼い主さんはほっとした表情でそういうと、

「今、お茶を淹《い》れますので」

と姿を消した。キョウコが、どうぞおかまいなくと声をかけると、ぶっちゃんは、

じーっとキョウコの顔を見つめてきた。軽く自分の膝を叩《たた》いてみたら、ぶっちゃんは、ぴょんとジャンプして乗ってきた。この重さ、この温かさ、ごろごろいっているのもなおうれしい。元気そうでよかった、と体を撫《な》でてやると、ぶっちゃんは目を細めてうっとりしている。そしてキョウコの手をぺろぺろと舐めた。

「あらまあ、図々《ずうずう》しい。お召し物が汚れませんか。ほら、あなたご迷惑をおかけしたのに、そのうえ何ですか。降りなさい」

紅茶を持ってきてくださった飼い主さんは困った顔をしていたが、ぶっちゃんは、

「はて、何のことですか」

という態度で、膝の上でころりと横になり、うれしそうにキョウコの顔を見上げていた。

8

「そうそう、いただきものですが、クッキーがありました」

飼い主さんは紅茶をキョウコの前に置いて、ゆっくりとまたキッチンに戻り、きれいな缶とお皿を持って戻ってきた。

「ほら、あなた、いいかげんにしてちょうだい」

仰向《あおむ》けになったまま、ぐふぐふと鼻を鳴らしているぶっちゃん、実はアンディを見ながら、困った顔になった。

「息子の会社の方の海外出張のおみやげだそうで。私もまだ食べてないので、おいしいかどうかはちょっと不明です」

彼女は缶の縁《ふち》に貼《は》られたテープを剥《は》がそうとしていたが、難儀そうだったので、キョウコが代わりに剝がしてあげた。

「すみませんねえ、さあ、どうぞ」

缶のなかには、かわいらしい様々な花形のクッキーが整列していた。

「食べるのがもったいないですねえ」

思わずキョウコがそういうと、ん？　という顔でぶっちゃんが、クッキーの缶のほうを見た。

「あなたは食べられないのよ」

飼い主さんと同時にキョウコも声を出したものだから、ぶっちゃんは二人の顔を交互に眺めてきょとんとしていた。

「二人にいわれたら、我慢するしかないわね」

別珍張りの椅子《いす》に座った飼い主さんは笑っていた。室内は物は少なくないけれど、きれいに整えられていた。昭和のお金持ちのお宅の応接間といった雰囲気だった。香り高い紅茶と、甘みもほどほどのおいしいクッキーをいただきつつ、飼い主さんの話を聞くと、夏場は熱中症の危険があるので、息子さんから外に出るのはやめるようにいわれており、ずっと家の中で過ごしていた。ぶっちゃんも特に外に出たいそぶりもみせず、クーラーの前でずっと涼んでいたという。しかし徐々に気温が下がってくると、ぶっちゃんは窓にへばりついて外に出たがるようになった。そこで飼い主さんとしては、散歩を再開しようとしたのだけれど、息子さんが、

「イヌじゃないんだし、リードをつけて庭をぐるぐる回っていれば気が済むんじゃないのか」

というので、このところずっとリードをつけて庭を歩きまわっていたというのだ。

「最初はリードを見せたら、わあってうれしそうな顔をしたんですよ。でも外に出ないで庭を歩くだけってわかったら、明らかにがっかりした顔になってねえ。あきらめたのか、それなりに走ったり、庭の草の匂《にお》いを嗅《か》いだりして、納得していたみたいだ

ったのですけれど。今日は突然、生け垣めがけて突っ込んでいって。そのまま外に出ようとしたんでしょうか。助けようとしたのですけれど、枝が邪魔をして、またこの子が暴れるものだから、リードもからまってしまって。息子がいなかったので、本当に助かりました。ありがとうございました」

丁寧に両膝の上に手を置き、深々とお辞儀をされて、キョウコは恐縮してしまった。まさか、ぶっちゃん、どうしてるかなと、用事もないのに家の前まで来たとは、口が裂けてもいえなかった。

「本当によかったです」

「お怪我《けが》はありませんでしたか」

「ちょっとだけ枝に引っかけたくらいです」

「えっ、それは大変」

飼い主さんが腕をのぞき込んだので、ちょっとだけみみず腫《ば》れになったところを見せた。

「まあ、どうしましょう。なにか薬を……」

「大丈夫です。放《ほう》っておけば治りますから。血が出ているわけでもないですし」

「消毒をしたほうがいいですよね」

飼い主さんはゆっくり立ち上がり、救急箱を持ってきた。中のものをあれやこれやと探した後、

「虫刺されの薬じゃだめですよねえ。ごめんなさい。あとは胃薬とか風邪《かぜ》薬とかそんなものしかなくて」

と声を落とした。

「本当に大丈夫です。どうぞお気になさらずに。ぶっ……、じゃなかったアンディくんを撫でていれば治りますから」

アンディの名前を口にすると、膝の上の本人は、うれしそうにキョウコの顔を見上げ、小さく、

「にゃあ」

と鳴いた。

「まあ、本当に図々しいわねえ。あなたのせいで、お姉さんは大変な目に遭《あ》ったのですよ。ごめんなさいはどうしたの？」

飼い主さんにそういわれたぶっちゃんは、なにやらもごもごといっていたが、もう一度、

「にゃあ」

と小さな声で鳴いた。

「はい、ありがとう。ちゃんと御礼をいってくれたのね」

ぶっちゃんは何度も瞬きをした。

「本当かしら。心配になっちゃうわ」

「いえ、ちゃんと謝ってもらいました」

「そうですか？　私にはとてもそうとは思えないんですけれどねえ」

飼い主さんは苦笑していた。

「これから外に出ると気持ちのいい季節になるので、アンディを連れてまた外に出たいのですけれど、息子が心配して。『転んで怪我をしたらどうする』っていうんですよ。私は長年、教員をしていまして、基本的に立ち仕事なものですから、そのせいかわかりませんけれど、だんだん腰が悪くなってしまって。でもそんなに簡単に転ばないと思うんです。きっと息子は私が転んで入院なんかしたら、そのまま認知症になって、介護が大変だと思っているんでしょう」

ちょっと怒ったような口調になった。

「息子さんはご心配なんでしょうね」

「それはわかっていますけど、あまり私の生活を制限されるのもねえ。アンディも外に出ていたことがあるせいか、悲しそうに窓を見上げて鳴くんですよ。それを見ているとかわいそうで。でも事故に遭ったりすると困りますしねえ。だからシルバーカーに乗せて行ってたのですけど。あれで全然、大丈夫なのよ。安定もいいし」

「そうですよね」

二人の会話をぶっちゃんはキョウコの膝の上でおとなしく聞いていた。ときおり大あくびをして、むくむくした前足で顔を撫でている。

「息子と一緒に住んで、安心な部分もありますけど、そうじゃないところもありますね。前までは好き勝手にできたから。今はもう、口うるさくて困りますよ」

「心配なあまり、行動を制限されるのはお辛《つら》いでしょうね」

「家の中にずっといたら、カビが生えそう、体にだって悪いわよっていったら、『家の中をぐるぐる歩きまわっていればいい』なんていうんですよ。同じところをぐるぐる回っていろなんて、そんなハツカネズミみたいなこと、できます？」

今度はちょっと笑っていた。

「そうですよねえ」

キョウコも苦笑するしかなかった。膝の上のぶっちゃんは、我関せずで今度はどてっと横になったまま、グルーミングをはじめた。

「まあ、お姉さんの膝の上でそんなことをして。いい加減にしてちょうだいよ。まったくどうしたものかしらねえ」

「こうしているのが私もうれしいので。大丈夫です」

「そうですか？　優しくしてくださる方には遠慮がないものだから。どうしてそんな子になっちゃったのかしらねえ」

　飼い主さんはぶっちゃんが家にやってきた顛末《てんまつ》を教えてくれた。ちょうど飼っていたイヌが亡くなってしまい、気落ちしていたときに、かつて古文を教えていた高校の同窓会があった。そこで再会した教え子に、イヌが亡くなった話をすると、ちょうど家で子ネコが生まれたので、よかったら一匹、引き取ってもらえないかと頼まれ、十一年前に家にやってきたのがぶっちゃんだった。

「最初は文字通り借りてきたネコっていう雰囲気で、おとなしかったんですけどね。だんだん本性が出てきたのか、図々しくなったし、食も細かったのに今は大食い。私も変わりましたけど、あなたも変わりましたね」

　飼い主さんが声をかけると、ぶっちゃんは、

「はあ？」

というふうに首をねじって彼女を見た後、ぼわーっと大あくびをした。

「まっ、何でしょうね、この態度」

呆《あき》れながらも彼女は笑っていた。彼女もネコにやられているうちの一人なのは間違いなかった。

キョウコはずっとこうしていたかったが、そうもしていられないので、室内の時計に目をやり、

「お茶までいただいてしまって、ありがとうございました。これで失礼いたします」

と頭を下げた。

「そうですか？　お話できて楽しかったわ。アンディもうれしかったでしょう。助けていただいたんですものね」

アンディはじっとキョウコの顔を見上げている。キョウコは、

「帰るの？」

といっているに違いないと勝手に思い込むことにした。

「もうあんなことをしちゃだめよ。お母さんが心配するからね。ちゃんということを聞いて、いい子にしていてね」

キョウコが頭を撫でながら声をかけると、小さな声で、

「あむ」

と鳴いた。

「まあ、私といるときに、そんな声で鳴いたことなんかないんですよ。助けていただいて、喜んでいるみたい」

飼い主さんにそういわれて、キョウコはうれしくなった。

「じゃあ、アンディくん、またね」

膝の上のぶっちゃんを抱きかかえて床の上に下ろすと、彼はきょとんとしてまた顔を見上げていた。もしかしたら、

「あんたいつも、おれのことアンディなんて呼ばないじゃないか。ぶっちゃんっていってただろ」

といわれているような気持ちになった。しかしここでは、いつものようには呼べないので仕方がない。ぶっちゃんは部屋を出ていくキョウコを振り返ってじっと見ていた。後を追ってきたらどうしようかと心配だったが、それがないのがほっとした一方、残念でもあった。しかしぶっちゃんのお宅をおいとましてから、足取りが軽くなった。

「今日はちょっと、大盤振る舞いをしちゃおう」

ふだんは横目で見るだけの、スーパーマーケットの海鮮ちらし鮨の上を買ってしまった。ぶっちゃんの重み、膝の上の温かさ、毛並み、鳴き声、表情を思い出して、

「むふふふ」

と笑いながら、部屋で豪華な夕食を済ませた。


チユキさんはまた山のおみやげをたくさん抱えて帰ってきた。

「今回はきのこばかりなんです。あ、大丈夫です。ちゃんと道の駅でプロが選んだものを買ってきましたから。毒きのこは混ざっていません」

もう一度、彼女はにっこり笑った。

「いかにも毒、っていう色や形のきのこばかりじゃないんですってね。地味目の普通の形でも、毒があるものがあるってラジオで専門家が話していたわ」

「道の駅の係の方も、農家の人でも首を傾げる物があるっていっていました。そういう怪しいものは、もちろん並べずに廃棄するそうですが」

「こんなにいろいろなことがわかる世の中なのに、きのこのことはわからないのね」

「そうですよね。きのこだけじゃなくて、他にもいろいろとわからないことだらけで。世の中は進んでいるようだけど、実は何もわかっていないのかもしれないですね」

「また難しい問題になってきましたね」

キョウコが笑った。

「難しいことを突き詰めると、少しは私の頭もよくなるとは思うんですけど、難解な問題を考えると、すぐに頭が痛くなってくるんですよ。脳が拒絶するっていうか」

「それは私もそうよ。歳を取ると余計にそう。ああ、もう、いいってなっちゃうの」

「そうですか」

「そうよ。何だかこの頃特に、面倒くさいこととか、難解なことがいやなのよ。どんどん安楽なほうを選んじゃって。脳のためには危険ね。もうちょっと刺激を与えないと」

「世の中が刺激的すぎますよね。変な事件も多いし。いったいどうなっちゃうのかと思いますけど、えんちゃんの顔を見ると、それがふっとんじゃうんです」

「そうなのよ。イヌやネコの動物もそうだけど、私なんか鳥や昆虫を見てもそう思うの」

「彼らは立派ですよね。人間よりも短い一生なのに、淡々と生きて死んでいくじゃないですか」

「人間がいちばん、ばたばたして見苦しいのかもしれないわね」

「本当にそう思います」

チユキさんは真顔で何度もうなずいた後、

「私の腕の中で温めちゃったかもしれませんね。すみません」

と笑いながら様々なきのこがあふれんばかりに入っているザルを渡してくれた。

「ありがとう。こちらに戻ってくるのが寂しかったんじゃない？」

「彼に駅まで車で送ってもらうので、二人で家を出ようとしたら、えんちゃんがわんわん鳴いて大騒ぎをするので、キャリーケースに入れて一緒に駅まで連れてきたんです。そして私が車から降りようとしたら、甘え鳴きをするのと吠えるのと、キャリーケースを破壊しようとするので大騒ぎになっちゃって。一生懸命なだめて帰ってきました。あ、これがそのときの動画です」

スマホのなかで、えんちゃんはがうがういいながら、キャリーケースを壊さんばかりに大暴れしていた。

「あら、大変。チユキさんに帰られるのが本当にいやなのね」

「でも私よりも彼のほうが好きみたいなので。まあ、いいんです」

「あら、なるべくあちらにいて、チユキさんも自分をアピールしないとだめかしら」

「うーん、でもこちらで仕事もあるし。ずっとは難しいですね。ましてこれから寒くなると、もう家から出たくなくなりますからね。家の中の水が凍るくらいですから。でもえんちゃんは専用の赤外線ストーブを買ってもらってました」

飼い主はどうしても動物ファーストになってしまうのだろう。

「ふふふ」

「ここにはしばらくいられそう？」

「はい、仕事は二日くらいで終わりそうなんですけれど、部屋をいつまでも空けたままにするのも何だなあと思って」

「ああそうね、せっかく手を入れたんですものね」

「毎月、賃料をいただけるのはありがたいですけれど難しいですね。まあ、不動産屋さんと相談してみます」

チユキさんはれんげ荘の住人、といっても三人しかいないが、そのなかで唯一、資産という点では、お大尽なのだと思い出した。

「持てる者の悩みよね」

「祖父が残してくれたものですから。大事にしたいとは思うんですが」

彼女は笑って、失礼しますと頭を下げて部屋に戻っていった。

これだけきのこをもらったのだから、今夜はきのこ鍋《なべ》にしようかな、そうすると豆腐を買ってこなくちゃ、と考えていると、義姉から画像を添付したメールが届いた。

「パパとおネコさま」

と件名がついている。パパには敬称がついていないのが気になったが、画像を見てみると、夕食時なのか、箸《はし》を手に食卓に座っている兄の、頭、両肩におネコさまたちがしがみつき、じーっと一点を見つめている。その視線を追うと、どうやら皿の上の秋刀魚《さんま》のようだ。

「パパはだめだめと追い払うしぐさは、いちおうやっていましたが、本気ではないとばれたのか、隙《すき》を見せたとたんに、見事にお皿の上から持っていかれました」

とあり、次の画像を見ると、ネコ三匹を追いかけて廊下を走る兄の後ろ姿、そしてその次の画像には右手には奪還した秋刀魚、左手にはグウちゃんを抱えて苦笑する兄の姿が捉《とら》えられていた。

「犯人はグウちゃんです。さすがにトラコさんは親として遠慮していたのか、じっと見ているだけだったのですが、グウちゃんが咥えて逃げたとたん、急いで追いかけていきました」

どうせおネコさまたちに食べられるだろうからと、秋刀魚を焼くときに、塩を振るのはやめておきました、とあるのは、義姉が明らかに御一行様の行動を予測してのことだろう。それならば最初から、取り分けてあげていればいいのに、彼女としてはこのほうが面白い画像が撮影できるとふんだに違いない。これまでまじめで優しい印象だった義姉の、別の顔を見ているようだった。廊下の隅で奪還した秋刀魚は、当然ながら皿に戻すわけにもいかず、おネコさまたちが食べることになった。兄は義姉から秋刀魚を半分分けてもらい、大喜びで秋刀魚を食べるおネコさまたちを眺めながら、夫婦は楽しい夕食を過ごしたようだった。

「年に一度の大盤振る舞いです。人間が食べるものはそう簡単にあげられないので、来年までうちは秋刀魚を食べません」

人間もおネコさまにお付き合いというわけで、彼らは明らかにおネコさまたちにやられ続けていた。

「ぶっちゃんには今度いつ会えるかな」

これから寒くなることを考えると、庭のお散歩もやめるだろうし、ましてや家の外に出るのは考えられない。となると来年の春まで会えないことになる。もしも飼い主さんが亡くなられたら、ぶっちゃんはどうするのだろうか。同居している息子さんがお世話をするのだろうが、キョウコの勘では、それほどネコが好きではなさそうな感じがしている。ネコ好きとしては、もう一歩、ネコ側に踏み込んでもらいたいのだけれど、ネコにはこれくらいやっておけば平気、と思われているのかもしれない。他人《ひと》様《さま》のお宅の問題なので、あれこれ文句をいうのは控えたいけれど、事がネコになると、おせっかいとは重々わかっているのに、どうしてもひとことといわずにはいられない。

「もうちょっと、ネコに対して思いやってくれませんか」

とお願いしたくなるのだけれど、それもそのお宅のやり方があるし、他人が口を出すことではない。その家の子どもへの態度に文句はつけられないのと同じように、ネコの飼い方にも文句はいえない。でも、いいたくなってしまうのだ。

もしも飼い主さんに万一のことがあったら、ぶっちゃんはずっと家の中で飼われるだろう。それもネコの安全のためにはいいけれど、自分とは一生、会えなくなる。まさか突然、訪ねていって、

「アンディくんに会わせてください」

とはいえない。ネコ好きの人なら喜んでくれるかもしれないが、それほどでもない人だったら、

「この人、何をいっているんだろうか」

と不審がられても仕方がない。

（か、悲しい……）

もしかしたらぶっちゃんに会えて、抱っこもできた喜びで、テンションがマックスになって買ってしまった海鮮ちらし鮨の上は、一生に一度きりになるかもしれないの

だ。

（はああ……）

ため息しか出てこない。ぶっちゃんは十一年前に子ネコのときにやってきたといっていたから、現在、十一歳。人間でいえば還暦くらいの年齢だろうか。他人様の寿命をあれこれ考えるのは本当に失礼な話だが、飼い主さんとぶっちゃんの寿命はほぼ同じくらいだろうか。最近はネコのご長寿さんも増えてきたが、十八歳から二十歳がご長寿さんとして妥当だろう。するとあと七年から九年。

「飼い主さんよりも早く亡くなるかもしれないなあ」

そう考えたらとっても悲しくなってきた。目の前で飼いネコが亡くなるのはとても悲しいが、会えないままネコが亡くなるのも辛い。でもぶっちゃんは自分のネコではなく、あの飼い主さんのネコなのだ。

ちょっと胸がどきどきしてきたので、オーガニックの店で安売りをしていた、カフェインレスの紅茶を淹れて、気持ちを落ち着けた。昔はそんなことなどなかったのに。最近、胸がどきどきすることが増えた。

「更年期だし、仕方がないわね」

そう思いながら、カップに半分くらい飲んだら、ちょっと気持ちが落ち着いてきた。

ぶっちゃんにとっては、いったい何がいちばん幸せなのか。ぼーっと窓の外を眺めていると、葉の色が変わってきた木に、つがいなのかヒヨドリが二羽並んで留まっていた。かん高い声でしきりに鳴いている。

「やっぱりぶっちゃんは、寿命がきたら飼い主さんに見送られるのがいちばん幸せなんだな」

飼い主さんの寿命も誰にもわからないし、誰にもコントロールできないけれど、ぶっちゃんが残されるよりは、飼い主さんは辛いかもしれないけれど、一日でも長生きしたほうがいい。

「そうなると私の出番はないな」

ふうっとため息をついて、残りの紅茶を飲み干した。

キョウコの頭の中では勝手なシナリオが作られていた。飼い主さんが亡くなったとして、ぶっちゃんが残されたら、息子さんのところに行って、

「私にアンディくんをお世話させていただけませんか」

とお願いする。ネコは嫌いではないまでも、積極的に飼おうと考えているわけではなさそうな息子さんは、きっとキョウコの申し出を受け入れてくれるだろう。そしてそのままアンディことぶっちゃんを抱っこしてこのれんげ荘に連れて帰り、晴れてぶ

っちゃんと二人の生活がはじまるのだった。めでたしめでたし……。

「何がめでたし、めでたしなんだか」

自分勝手なシナリオに、キョウコは自嘲《じちよう》気味にふふっと笑った。そしてまた勝手に、ぶっちゃんはあのお宅にいるよりも、うちに来たほうがずっと幸せそうな気がすると考えたりもした。そして、

「いい加減にしろ」

と自分で自分を叱り、

「申し訳ありませんでした」

とぶっちゃんの家のほうに向かって頭を下げた。

「まったく、ろくなことを考えないなあ。私と同年配の人は、子どもの進学や結婚に頭を悩ませているというのに。私はネコの心配、それも他人様の飼いネコのことばかりを考えている。いったい何なんだ」

これでは人間的な成長など、まったく望めないと自分で自分に呆れてしまった。しかしかわいいぶっちゃんは、どうしても諦《あきら》めきれないのだった。

このアホな私めをいったいどうしようかと考えたキョウコは、とにかく歩くことにした。それは歩くことも禅のひとつと、何かの本に書いてあったからである。それも

それなりの人が歩けば禅になるかもしれないが、ただの無職のおばさんが、ただ町内を歩いただけで、禅になるのだろうかと不安になったが、ともかく部屋の中にいるよりも外に出ようと、一枚、中に着るものを増やして、長年着ている薄手のコートを羽織って外に出た。

そういえば服なんか、クマガイさんにいただいた素敵な服はあるけれど、自分では何も買ってない。それでも何の不自由もない。それはそれでいいことだが、いつか彼女に何らかのお返しをしなくてはと思いながら、てくてく歩いた。ふと足元を見ると、スニーカーが相当くたびれていて、これは新調したほうがよさそうだった。

今まで一度しか歩いたことがない道を歩いてみた。ここは区役所に通じる道路で、両側に歩道があり、それに沿って夕方から開店する飲食店や、昔ながらの車やバイクの小さな整備工場などがあり、何かを見るとか買うとかできる店が少ないので、キョウコの散歩ルートからははずした道だった。しかし前から比べると、店が様変わりしていて、居酒屋がお洒落《しやれ》なカフェやパンケーキ店になっていた。

小ぎれいな店の前を通りながら、昔はどんな店だったっけと思い出そうとしたが、ほとんど忘れていた。整備工場のいくつかは、シャッターが閉まったままになっていて、そこはスプレーアートとはいえない、ただの落書きでいっぱいになっていた。

チェーンの弁当店も出来ていて、そこには老若男女たくさんの人が並んでいた。外からのぞいてみると、総菜の種類がとても豊富だった。昔は脂っこいものでも、何でも食べていたが、さすがに最近のキョウコには、油が多めの総菜はきつくなってきた。明らかに運動不足で摂取した脂を消化できなそうなこの身には、なかなか辛いジャンルの総菜が多かった。たまに食べるのだったら、コナツさんやれんげ荘の人たちを誘って、お店で食べたい。

弁当店の前を通り過ぎると、かつては居酒屋だった間口の狭い店に、貸店舗と札がかかっていた。以前、前を通ったときは夏で、引き戸が開けられたままの店内をのぞいたら、まだ夕方だというのにお客さんがいっぱいで、厨房《ちゅうぼう》には高齢の夫婦なのか、手ぬぐいを頭に巻いた白髪の男女がお客さんたちと会話を交わしながら、てきぱきと働いていたのだった。お店を続けられない事情が出来たのだろうと考えていると、使い古したレジ袋をぶら下げた、高齢男性が歩いてきた。体が左右に揺れているので、酔っ払っているのかなと思って見ていたら、

「ここさ、やめちゃったんだよね。あんたもお客さん?」

と聞いてきた。

「いえ、そうじゃないんですけど、このお店は元気のいいオーナーの方が働いて

……」

「そうなんだよ」

キョウコがいいおわる前に、彼は言葉をはさんできた。

「おやじさん、急に亡くなったんだよ。仕込み中に厨房の中で倒れて。一緒に働いていた女の人、長く働いていたパートさんだったんだけど、その人が見つけてさ。そうしたらそのパートさんが警察であれこれ話を聞かれたっていってて」

「疑われたっていうことですか」

「そう、他に人がいないから証明できないじゃない。気の毒だよね。すぐに心臓発作ってわかったから、無罪放免になったんだけどね。パートさんもまいっちゃったみたい」

「それはお気の毒でしたね」

「そうよ、本当に気の毒よ」

彼は前歯が三本抜けた口で話しながら、しきりにうなずいた。

「おやじさんはおれより八つ下だったんだよ。まじめで子ども四人を大学にやってさ。おれなんかさ、独り者で酒もタバコもやってるっていうのに、生きてるだろ。神様は残酷だね。おれはいつ死んでもいいと思っていたんだけどさ、ひと月くらい前に、ネコを拾っちゃってさ。簡単に死ぬわけにはいかなくなっちゃったんだよ。今も、好きな缶詰を買ってきたところ」

彼はそういいながらレジ袋を指さした。

「あら、それはかわいいでしょうね」

「かわいいんだよ。ミーちゃんっていうんだけどさ、手に乗るくらいちっちゃかったのが、ずいぶん大きくなったよ。よく食うんだ。夜はね、懐《ふところ》に入ってくるし、一緒に寝てるんだ」

チェックのネルシャツの胸ポケットをさぐっていたかと思うと、これっといって、一枚の写真を取り出した。公園でミーちゃんを抱っこしてベンチでひなたぼっこしていたら、大学生がその場でプリントできるカメラで撮影してくれたという。焦げ茶と茶が混ざったような、さびネコのミーちゃんは大きな目でじっとカメラのほうを見ていた。抱っこしている彼は満面に笑みを浮かべている。

「ミーちゃん、本当にかわいいです。とてもいい写真ですね」

正直に感想をいうと、彼は、

「そうかい、ありがと」

と歯が足りない口でにっこり笑いながら、小さく頭を下げた。そして、

「こいつが待ってるんで、じゃあ」

と写真をしまった胸ポケットを指さして去っていった。世の中の生き物を愛《め》でるすべての人と、生き物たちがみんな幸せに暮らせればいいのにと思いながら、キョウコはまた歩き出した。

本書は二〇二二年一月に、小社から単行本として刊行いたしました。

Haruki Bunko
ハルキ文庫

む 2-18

おネコさま御一行《ごいっこう》 れんげ荘物語《そうものがたり》

著者　群《むれ》 ようこ

2023年8月18日第一刷発行

発行者　角川春樹

発行所　株式会社角川春樹事務所
〒102-0074 東京都千代田区九段南2-1-30 イタリア文化会館

電話　03(3263)5247(編集)
03(3263)5881(営業)

印刷・製本　中央精版印刷株式会社

フォーマット・デザイン　芦澤泰偉
表紙イラストレーション　門坂 流

ISBN978-4-7584-4588-7 C0193 ©2023 Mure Yôko Printed in Japan
http://www.kadokawaharuki.co.jp/[営業]
fanmail@kadokawaharuki.co.jp[編集]　ご意見・ご感想をお寄せください。

群 ようこの本

またたび回覧板

どうしてもやめられない日なたぼっこ、山奥の温泉で真っ裸のまま男性用露天風呂をのぞいて見てしまったもの、オードリー・ヘプバーンの髪型にするはずが鳳啓助に似てしまった友人、かわいい女の子だけにすり寄る近所のブチ猫、寝ている間に脳にたまった電磁波を取り除くことが出来る(!?)アイマスク……。大爆笑必至のエッセイ本、装いも新たに登場! 著者の自信作「税金童話」も収録。

(解説・西村かえで)

ハルキ文庫